맛김 현대 판타지 장편소설
WISHBOOKS MODERN FANTASY STORY

책 먹는 배우님

책 먹는 배우님 3

맛김 현대 판타지 장편소설

초판 1쇄 찍은 날 | 2019년 1월 9일
초판 1쇄 펴낸 날 | 2019년 1월 16일

지은이 | 맛김
펴낸이 | 예경원

기획 | 위시북스
편집책임 | 이규재
편집 | 위시북스

펴낸곳 | 예원북스
등록번호 | 제396-2012-000132호
등록일자 | 2012. 7. 25
KFN | 제1-355호

주소 | 경기도 고양시 일산동구 호수로 646-24 위너스21Ⅱ빌딩 206A호 (우)10401
전화 | 031-819-9431 팩스 | 031-817-9432
E-mail | yewonbooks@naver.com

ⓒ맛김, 2018

ISBN 979-11-965806-9-8 04810
　　　979-11-89701-14-7 (set)

맛김 현대 판타지 장편소설

WISHBOOKS MODERN FANTASY STORY

3

책 먹는 배우님

책 먹는 배우님

CONTENTS

··· 1장 ···

어서 와,
영화는 처음이지? (2)

“저는 가난한 연극인입니다. 돈도 안 되는 거 왜 하냐고 주변인들이 묻곤 하는데, 제 대답은 하나입니다.”

‘난 그래도 하고 싶은 거 하면서 산다!’

“저는 연극을 사랑합니다. 신인을 발굴해 내고, 이들의 꿈을 키워주고, 그 꿈을 함께 먹으며 성장하는 것이 제 삶을 윤택하게 해줍니다.”

얼굴빛 하나 변하지 않고 거짓을 늘어놓는 김표주 대표의 저 뻔뻔함이 역겨웠다.

MC 한소미가 내게 물었다.

“처음 재희 씨가 연기를 시작한 곳에 왔는데요. 느낌이 색다르실 것 같은데…… 기분이 어떠세요?”

MC의 질문에 내가 단호하게 말했다.

"실은, 이곳에서 연기를 시작한 것이 아닙니다."

"네?"

"당시의 저는 연기를 잘 못 했거든요. 옆에 대표님도 잘 아시겠지만, 저는 그때 번번이 배역에서 밀리기만 했습니다. 약속된 배역이 있었지만, 제가 부족했기에 스텝만 하다 대학로 생활을 접어야만 했죠."

"아……."

모두가 잘 짜인 각본, 철저하게 '내' 위주로 돌아가는 대화.

"그럼, 추억의 장소로 선정하신 이유가 무엇입니까?"

MC 한소미의 질문에 내가 빙그레 미소 지었다.

"스텝을 하다 보면 별의별 생각이 다 들어요. 조명 오퍼를 보면서 콘솔을 만지다 보면, 무대 위의 배우들이 그렇게 부러울 수가 없습니다. 그때, 오기를 품었습니다."

"어떤 오기요?"

"아, 나도 연기하고 싶다. 연기를 하는 배우가 되고 싶다."

거짓은 없다. 포장도 없다. 기억은 사실과는 다르다.

모든 인간은 사실을 자기 좋을 대로 기억하고자 하는 심리가 있다고 했다.

무드셀라 증후군. 추억은, 사실과 다르게 적힌다.

"많이 배웠습니다. 이곳 극장에 오르는 배우들을 보면서 일종의 독기를 배웠어요. 이게 제가 이곳을 선택해 방문한 이유입니다."

같은 사실도 읽는 이에 따라 이렇게 다르게 포장된다.

김표주 대표의 기억과 내 기억이 다르듯, 우리 모두는 자신이 원하는 바만 기억하려고 한다. 그래서 그에게는 내 존재가 그저 도망친 배우 중 한 명일 뿐이고, 내게는 안 좋은 과거일 뿐이다.

하지만 김표주 대표는 날 선 내 반응에 아차 싶었을 것이다.

'아, 이 자식. 마음에 두고 있었구나.'

MC 한소미가 내게 물었다.

"그래도, 커리어를 연극 무대에서 시작했다는 사실은 변함이 없네요. 오랜만에 들른 대학로가 어떻게 다가오세요?"

나는 숨을 한 번 골라내고 말했다.

"저는 어디 가서 연극배우라고 말할 수 없습니다."

"네?"

"정말 연극 하나만 바라보시는 훌륭한 배우분들이 대학로에 많이 계시거든요. 저는 그냥…… 그런 선배, 후배님들에게 존경심과 일종의 죄책감을 함께 느낍니다."

"죄책감…… 연극계를 떠나 성공한 배우분들의 인터뷰를 하다 보면, 종종 듣게 되는 단어네요."

한때는 배우였던 한소미가 서글픈 미소를 지으며 말했다.

"그리고 저 역시 대학로에 올 때면, 그런 비슷한 감정을 느끼곤 합니다."

내가 말했다.

"네. 대학로를 떠난 제가 이런 말을 할 주제는 못 되지만, 한 가지 바라는 것이 있다면…… 연극배우들에 대한 불공정한 처우가 개선되었으면 한다는 점입니다. 돈 때문에, 사람 때문에 고통받는 배우들이 여전히 많거든요."

분명한 것은, 나는 이곳에서 대표를 일방적으로 비방하지 않을 것이라는 점이다. 지금 변화된 모습으로 내 복수는 끝났으니까.

하지만 나는 마지막으로 빙글 웃으며 장난스레 물었다.

"김 대표님. 여전히 배우들 개런티는 1만 8천 원인가요?"

"……."

김표주 대표의 얼굴이 굳어졌다.

어떻게 답해야 할지 모르겠다는 황당한 얼굴. 이건, 방송에 나가지 않아도 좋다.

무대에 올려준다는 명목으로 순진한 신인들을 꾀어내 노예 계약으로 팔아먹는 악덕 극단들, 무대는 하나인데 같은 무대에서 공연을 두세 개씩 돌리는 극단들, 돈이 안 되어 무대를 돌려쓴다는 핑계를 대지만 정작 시계는 롤렉스를 차고 벤츠를 타고 다니는 대표들……

회당 개런티 2만 원 남짓을 지급하면서, 배역은 트리플로 돌린다. 게다가 공연이 없는 날은 무보수로 오퍼까지 시킨다.

꿈을 이뤄준다는 명목하에 일어나는 비일비재한 불공정 계약들.

사실 나는 이런 이야기를 꺼낼 깜냥도 안 되지만, 꼭 이야기하고 싶었다.

거기에 따라오는 김표주 대표의 일그러진 얼굴은 덤이고.

여기서 끝은 아니다. 오늘의 몰래 온 손님은, 내가 특별히 부탁한 역대급 손님이었다.

"우리 재희 말이 맞아요."

"앗!"

"아니…… 오미란 선배님?"

소극장의 문이 열리며 들어온 사람은 〈청춘열차〉로 인연을 맺은, 오미란 선배님. 대학로 연극을 통해 연기파 배우로 발돋움한 대학로의 산증인이자, L&K의 감초 배우. 또 여전히 국립극장이나 대학로 아르테 홀 등에서 꾸준하게 무대 활동하는 현직 연극배우.

오미란 선배님의 등장에 MC들이 호들갑을 떨며 자리에서 일어났다.

"오늘의 몰래 온 손님은, 국민 엄마! 오미라아아안!"

오미란 선배님이 무대 위에 올라서며 말했다.

"으이그, 부끄럽게. 우리 재희 부탁인데 와야지. 아, 여기서
는 재희 씨라고 불러야 하나요?"

"편하게 하세요. 선배님."

"오홍홍, 그래요. 그나저나 뒤에서 봤는데…… 벽에 붙은 포
스터가 몇 개야, 작품을 네 개나 돌려요? 이야, 대표님 많이 버
시겠네. 그럼, 하루에 얼마야…… 이백, 삼백?"

"예……?"

오미란 선배님이 송문교에게 퍼붓던 그 시원시원한 언변은
이번에도 변함이 없었다.

"가난한 연극인 아닌데요?"

"그, 그게……."

"왜, 내가 틀린 말 했어? 아! 이런 거 말하면 안 되나?"

그러고는 푼수처럼 웃어버린다.

"미안, 미안. 다시 찍을까?"

대학로에 뿌리를 둔 진골 여배우의 날 선 질문에 김표주 대
표는 당황스러워하는 기색이 역력했다. 나는 속으로 미소 지
었지만, 아마 저 얼굴은 편집될 것이다.

하지만 이 역시 방송에 나가고 말고는 중요한 것이 아니다.
일곱 다리만 건너면 다 아는 사람이라고 했던가? 그저, 이러한
사실을 알게 되는 사람들이 조금씩 늘어날수록 불의에 분노
하는 사람들도 많아지고, 대학로도 조금은 달라지지 않을까?

나 역시, 그다지 정의로운 사람은 아니지만.

타인의 꿈을 이용해 장사하는 사람들은 사라지기를, 꿈의 가치가 온전히 지켜지기를…….

그 이후로는 〈피셔〉와 〈숨 닿을 거리〉에 대한 이야기가 계속해서 오갔다.

나는 김표주 대표 쪽을 힐끔거리며 말했다.

"'피셔'는 가족들이 다 함께 가볍게 즐기실 수 있는 오락영화입니다. 또 돈이 전부인 인간의 말로가 어떤지를 잘 보여주지요."

"……."

촬영 내내, 김표주 대표는 얼굴을 붉히며 대화에 끼어들지 못했다.

L&K 권우철 대표가 임주원에게 해준 조언.

'연기에 지장을 줄 만한 욕심과 질투심은 숨겨.'

어쩌면, 질투심을 감추지 못하고 멘탈이 부서진 임주원의 몰락은 이미 예견된 일이었다.

하강 곡선을 그리는 〈계약 동거〉의 시청률과 함께 배우의 '힘'이 빠졌다는 냉혹한 평가가 이어졌다. 8월 중순까지 10%대를 유지하던 시청률이 한 자릿수로 줄어든 것이 8월 말. 종방을 한 주 앞둔 9월에는 시청률이 7.8%까지 떨어졌다.

그에 반해 〈숨 닿을 거리〉는 훨훨 날아올랐다.

〈계약 동거〉가 종영하고 〈숨 닿을 거리〉 13회, 14회가 방영된 9월 3주차, 이 무시무시한 드라마는 2018년 최고의 히트작이 될 것을 예고했다.

시청률 17.6%.

"무탈하게 여기까지 온 것 같아 다행입니다."

작가와 배우들에게 밀려 존재감을 뽐내지 못한 이성균 PD는, 결과에 더없이 만족한다는 듯 웃음 지었고.

"저…… 이제 드디어 잘 수 있어요오……."

정이연 작가는 하루도 밀리지 않고 대본을 완고까지 털어내는 기염을 토했다. 처음 내가 그녀에게 느꼈던 것이, 단순한 신인 작가의 패기만이 아님을 증명했다.

유아름은 3개월간의 생방레이스 내내 힘들어했지만, 끝까지 웃음을 잃지 않았다.

"오빠 키스 신 처음이에요?"

매력을 바닥에 칠칠 흘리고 다니는 유아름은, 키스 신이 한두 번이 아닌 듯, 능숙한 모습을 보였다.

"후후후, 그냥 눈 딱 감고 한 번에 끝내요."

그리고 드라마 초반에 달리던 댓글 반응에 휘둘리지 않고,

본인의 진가를 드러냈다.

-제게서 떨어지지 말라고 했죠.

-…… 고마워요.

-승현 씨. 저랑 한 약속 말해봐요.

-매일 같이 밥을 먹을 것. 복잡한 생각은 하지 말 것. 내 이름은, 무명이 아니라 한승현임을 잊지 말 것.

-그게 전부예요, 정말요? 제일 중요한 것 하나가 빠졌는걸요?

아무것도 모른다는 듯 순진무구하지만, 눈으로는 사랑스러움을 철철 흘리는 유아름의 얼굴과, 진지한 내 얼굴이 교차로 편집되더니, 내가 유아름에게 한 걸음 다가가며 말했다.

-마지막, 항상 숨 닿을 거리 이상 떨어지지 않을 것.

그 대사와 함께, 거칠게 유아름의 어깨를 당기며 이어진 키스 신.

-아앗.

화들짝 놀란 듯 바짝 힘이 들어간 어깨. 하지만 점점 유아름은 몸에 힘을 풀며 이를 받아들이고, 꼼지락거리는 유아름의 손가락. 그리고 천천히 눈을 감는 두 사람의 모습으로 마지막 투 샷.

"꺄아……."

어머니가 눈을 가리며 비명을 내지르셨다.

"……."

아아, 부끄러움은 왜 내 몫일까.

"좋았어? 어땠어?"

"몰…… 라요."

"아! 말해 봐, 아들."

"그냥 그랬어요."

솔직히 말하자면, 생애 첫 키스 신이었지만 아무것도 기억이 나질 않는다. 뭐랄까, 딸기 향이 몽실몽실 나더니 순식간에 지나가 버렸다고 할까.

어쨌든, 이번 드라마를 통해 유아름은 결국.

['영화용' 오명 탈피한 연기 여제. '유아름']

영화에 이어, 드라마까지 완벽하게 정복한 만능 여배우가 되었다.

그리고 나는 유명 포털사이트에 내 팬 카페가 생겼다.

"이야! 6,500명 돌파!"

〈청춘 열차〉 당시에 생기긴 했는데, 활동도 미미한 유령 커뮤니티였다.

[매력이 도졌다. 배우, 도재희 팬 카페.]
회원 수 : 6,547명

하지만 〈숨 닿을 거리〉가 빵 터지면서, 팬 카페 가입자 수가 기하급수적으로 늘어나더니 6,500여 명이 가입했다.

그 사이, 〈피서〉의 기자 시사회와 일반 관객 GV가 있었다. 평론가 평점은 7.95점, 조금 애매한 점수지만, 시사회를 감상한 관객 평점은 8점 후반을 상회했다. 극장 개봉을 고작 며칠 앞둔 〈피서〉는 훌륭한 스타트를 끊은 셈이다.

내일모레면 〈톡톡 누구세요〉가 TV에 방영되고, 사흘 후면 〈숨 닿을 거리〉가 종방하며, 15회가 방영되는 수요일 오전에는 〈피서〉가 극장에서 정식으로 개봉한다.

그리고 그다음 주에는 '서울독립영화제'와 '부산국제영화제'에서 〈양치기 청년〉의 경쟁 부문이 시작된다.

드라마가 끝나자마자 〈피서〉의 무대 인사를 돌아다녀야 하고, 무대 인사가 끝나면 각종 영화제를 다녀야 하는 바쁜 일정이지만, 요즘같이 잘 풀리는 때가 또 있을까.

통장에 들어온 금액은, 애초에 목표했던 서울 전셋집을 구할 수 있는 액수로 불어 있고.

"도 배우님 스케줄 관련해서 문의드립니다."

"이번에 저희 제작사에서 들어가는 드라마에 꼭 섭외를……."

차기작으로 나를 낚아채기 위한 드라마, 영화, 예능 섭외 전화가 끊이질 않는다.

자, 이제 잘 풀릴 일만 남았다.

[2018년 한 해를 강타한, 도재희 열풍! A부터 Z까지.]

["나는 연극인이 아니다!" 〈톡톡 누구세요〉 도재희.]

['숨 닿을 거리'에 이어, '피셔'도 연타 성공할까?]

[부산국제영화제 경쟁 부문 입성! 괴물 신예 도재희가 선택한 독립영화.]

이렇게 한 해를 잘 마무리하다 보면.

어쩌면, 상 하나 받을지도 모르지.

··· 2장 ···

성공인가, 실패인가

자주색 셔츠에 검은 세미정장 바지. 셔츠 아래쪽은 벨트 위로 슬쩍 빼내어 평퍼짐하게. 신발은 갈색 로퍼.

〈피서〉 개봉 하루 전날, 나는 샵에서 메이크업을 받고 재익이 형과 마지막 시사회를 위해 용산으로 향했다.

가을의 밤은 빠르게 찾아온다.

슬슬 어둑어둑해지는 저녁 6시, 우리는 용산역 3층 달 주차장에 차를 주차하고 빠르게 영화관 내부로 입장했다.

하지만 입구부터 재익이 형이 걸음을 멈추며 땀을 삐질 흘렸다.

"빨리…… 가야겠는데?"

나를 알아볼 만한 여고생이나 20대 여성들이 입구부터 가득했기 때문이다.

아니나 다를까.

"헉! 도재희다."

"도재희?"

옆구리에서 칼자루를 꺼내 백병전을 치르는 병사들처럼 제각기 주머니에서 스마트폰을 꺼내 내게 들이밀었다.

"아앗!"

재익이 형이 육탄으로 그들을 저지했고, 그 덕에 나는 안전하게 상영관이 있는 4층에 도착했다.

이번 시사회는 조승희가 메인 모델로 있는 유명 치킨 프렌차이즈인 CCH가 주최하는 행사다.

'치킨과 함께하는 무비데이'라는 슬로건으로 진행된 배우 무대인사.

"여보세요! 네, L&K 황재익입니다. 네, 이사님 지금, 앗! 밀지 마세요, 밀지 마세요! 지금 4층 앞에 도착했…… 아! 찾았다."

재익이 형이 손을 흔들어 보이자.

"여기요!"

일명 이사님이라고 불리는 CCH 직원이 손을 흔들어 우리를 안내해 주었다.

레드라인을 넘어가자, 레드라인 뒤쪽에서는 시사회 현장을 기다리며 나를 향해 꺅꺅! 소리 지르는 여성 팬들의 비명 소리가 연신 터져 나왔다.

CCH 이사님이 혀를 내두르며 말했다.

"이거, 정말 요즘 대세가 맞긴 맞나 보네요."

"네?"

"승희 씨도 이 정도 반응은 아니었던 것 같은데."

"에이, 무슨 말씀을."

내 말에 CCH 이사가 허허, 웃으며 말했다.

"정말입니다. 승희 씨는 '피서' 말고 활동을 안 하셨으니까요. 또, 유부남이지 않습니까? 큰 차이가 있죠. 하하."

일 년에 한 작품만 해도, 전 국민이 다 아는 톱스타와 요즘 한창 다작을 하며 이제 막 얼굴을 알리는 신예가 어찌 비교가 되겠냐마는 확실히, 내가 생각해도 엄청난 반응이다. 물론 오늘은 시사회라는 특수성 때문이기도 하겠지만.

[〈톡톡 누구세요〉 도재희 편, 시청률 껑충!]

최근 예능을 통해, 대중들에게 조금 더 친숙하게 다가갔다는 점도 플러스 요인이겠지.

우리는 CCH 이사를 따라 대기실을 안내받았다.

대기실은 영화관 내부의 VIP룸, 빨간색으로 화려하게 장식되어 있는 방 안으로 들어서자, 따뜻한 히터 공기가 나를 먼저

반겼다.

대리석 테이블에는 CCH에서 준비한 치킨과 요깃거리가 차려져 있었고, 널찍한 룸 내부에는 사람들로 북적였다.

눈에 익은 매니저들과 배우들.

그중 제일 먼저 눈에 들어온 사람은 수많은 스텝들에게 둘러싸여 왕처럼 군림하고 있는 조승희다.

그 조승희가 나를 발견하고는.

"아니, 이게 누구야?"

반가운 얼굴로 내게 다가왔다. 그러고는 등짝을 가볍게 두드리며 말했다.

"잘 지냈어? 이거, 요즘 제일 잘나간다고 얼굴 한번을 안 비치네."

"앗. 아파요."

하지만 웃음이 새어 나온다.

아, 이 사람들 대체 몇 달 만에 보는 거지?

"요즘 어때?"

"죽다 살았습니다. 이제 좀 살 것 같아요."

"드라마는 잘 보고 있다. 내일모레가 마지막 방송이지?"

"네."

"촬영은 끝났어?"

"네. 어제요."

"언제 다 찍었어? 엄 부장 말로는 그 드라마 완전 생방으로 들어갔다던데."

그때, 꽃다발을 든 유아름이 내 팔뚝을 두드리며 말했다.

"오빠, 대사 암기의 신이잖아요. NG 없이 후르륵!"

"진짜?"

A, B팀 풀로 돌리고 대본을 통째로 외우면 가능합니다.

그때, 문이 열리며 CCH 직원이 들어와 말했다.

"시사회 시작하겠습니다."

2018년 추석은, 내게 있어 다사다난했던 한 해를 정리하는 느낌이 강하다.

촬영은 없지만 시사회, 무대 인사, 영화제 같은 온갖 일정들로 빼곡하다.

생방으로 치러진 〈숨 닿을 거리〉가 끝나자마자, 그 바통을 〈피서〉가 넘겨받았고, 〈피서〉의 개봉에 맞춰 모든 스케줄이 그쪽으로 쏠렸다. 용산, 영등포, 강남, 신사 등 서울 각지를 돌며 시사회 및 무대 인사를 진행했다.

이번 시사회는 개봉 하루 전날 치러지는 마지막 시사회.

"후후, 오빠! 저, 평가 엄청 냉정하거든요? 잔뜩 기대해요."

내 옆자리 앉은 유아름이 으름장을 놓았다.

스타, 일반 관객들 너나 할 것 없이 뒤섞여 함께 영화를 감상했다. 나 역시 조금 더 잘했으면 어땠을까, 같은 아쉬움은 털어버리고 한 명의 관객으로서 영화를 즐겼다. 내가 나오는 장면에서 관객들은 집중했고, 웃었고, 몰입했다.

총평은 조금 가볍고 스토리에 구멍이 보이지만, 추석 연휴 동안 가족 전체가 즐기기에 아무런 무리가 없는 킬링타임 영화. 마지막 엔딩 크레딧이 올라올 때까지, 나는 긴장감을 숨기지 않고 시선을 스크린에 고정시켰다.

"후."

지금 내 기분은, 재판을 기다리는 피고 혹은 채점을 기다리는 학생. 쫄깃쫄깃한 무언가가 심장을 옥죄어 온다.

120분 러닝 타임 내내 영화와 직접적으로 호흡했던 관객들과 곧바로 대면하는 자리는, 묘하다. 저들이 나를 어떻게 보았을까? 본능적인 호기심 뒤에 숨겨진 두려움.

제발, 나쁘게 보지 않았기를.

"'피서'의 주역들을 이 자리에서 만나보겠습니다!"

하지만 영화가 끝나고 한만희 감독을 필두로, 조승희, 임강백, 임명한, 배명우, 나까지 배우 5인방이 앞으로 나섰다.

"조승희, 조승희!"

"도재희, 도재희!"

사람들은 내게 이러한 걱정은 기우라고 말하고 있다.

영화가 끝나고 조승희를 연호하는 목소리 틈바구니에 묻혀 들려오는 내 이름, 영화를 본 사람은 알아보는 내 진가.

"도재희 도졌다!"

이 말 못 할 뜨거움이 주는 알맹이에 가슴이 뭉클해진다.

아, 나 그래도 제대로 했구나.

유아름, 곽철 같은 조모임 멤버들이 제일 앞장서서 다가와 꽃다발을 안겨주었다.

유아름은 조금 애매한 얼굴로 말했다.

"후후, 연기는 좋았네요."

"……"

영화는 안 좋았다는 뜻인가? 어쩐지, 감이 좋지 않다.

꿈같은 나날들이 지나간다. 그리고 이 꿈 조각은, 내가 느꼈던 뭉클함에 비해 초라한 성적에 직면하고 있다.

유아름의 말에 가시가 있던 이유, 나도 어렴풋이 느끼고 있었지만 팔은 안으로 굽는 법이라 애써 무시했던 영화의 단점들.

천만 감독과 조승희가 투입된 〈피셔〉가 기대에 못 미치는 성적표를 들고 왔다.

〈피서〉 개봉 10일 차, 추석 연휴가 다 지났음에도 누적 관객 수의 앞자리는 3에서 멈추다시피 했다. 현재 380만 명이지만, 400만을 넘어서기까지가 유독 길게만 느껴진다.

아직 시간은 많이 남았다. 극장에 보름 이상 걸릴 것이고, 어떻게든 손익분기점인 420만은 넘길 것이라는 추측.

하지만 딱 거기까지. 대박은 물 건너가고, 쪽박만 간신히 면하는 상황이다.

"생각보다 저조하네."

"그러게요."

여러 이유가 거론되었다.

먼저 AC 애니멜에서 제작한 〈환생히어로 : 포식자〉 시리즈가 〈피서〉와 동시에 개봉하면서 관객 수를 나눠 먹었다. '가족 오락 액션영화'라는 이름에 더욱 부합하는 이 히어로 영화는, 젊은 층을 공략하며 완벽하게 시장을 압도했다.

하지만 그것보다는.

-drinkWater93 : 배우들 연기는 괜찮은데, 뭐랄까. 그냥 그저 그럼. 사실 이 정도 영화는 널렸다.

-lieSight : 천만 감독 거품 빠지면, 300만도 안 나올 듯.

-winterfall30 : 스토리가 따로 논다. 그냥 나쁜 놈이랑 나쁜 놈이 누가 더 나쁜지 겨루기하는 영화임. 예고편이 전부임.

단순히 〈피서〉가 가진 힘이 부족했다는 것이 더욱 지배적
이었다. 나는 이 성적표를 어떻게 받아들여야 할지 고민에 빠
졌다.

[68/100](+7)

내 능력은, 대본에 기재된 대본의 완성도를 본다.

완성도가 높으면 당연히 흥행 가능성이 높아지겠지만, 단순
히 완성도가 높다고 영화가 흥행하지는 않는다. 연출, 배우, 개
봉 시기 등 반전을 심어줄 수많은 조건이 남아 있을 것이다.

하지만 〈여인의 외침〉, 〈면목동 예술가들〉, 〈버스 드라이
버〉같이 완성도가 저조해, 내가 거절했던 영화들은 모두 흥행
에 참패했다.

그에 반해 〈오서독스〉. 내가 하고 싶어도 하지 못했던 대본
점수 91점의 영화는, 손익분기점인 160만을 가볍게 넘기고 복
싱영화의 한계를 뛰어넘어 관객 수 470만 명이라는 역사를 썼
다. 그야말로 한국 스포츠 영화에 한 획을 그어버렸다.

"……."

정확한 것은 〈양치기 청년〉이 영화제에 상영되어 봐야 알
겠지만, 현재까지는 '완성도=흥행'은 공식에 가깝다.

이쯤 되면, 의심하지 않을 수가 없다.

내가 보는 것은 혹시 단순한 대본의 완성도가 아닌 걸까?

작품 전체의 완성도를 예측한다든지…… 모르겠다.

내가 인상을 찡그리자, 재익이 형이 말했다.

"넌 너무 걱정이 많아. 네가 잘해서 되는 문제가 아니었던 거야. 너만 잘한다고 모든 작품을 성공시킬 수는 없어."

"……"

"네 역량이 아니라, 감독님과 조승희 씨 그리고 임강백 씨의 역량이었던 거지. 그쪽 분량이 어마어마했잖아. 그리고 이 정도 스케일 영화면, 손익분기점만 넘겨도 성공이라고. 그것만 해도 400만이야, 400만."

아무래도 〈피셔〉의 성적에 부담을 느낀다고 생각한 모양이다. 나는 복잡한 머리를 휘휘 내저으며 대답했다.

"네."

"좋게 생각해. 성공한 거야."

그래. 맞는 말이다. 간단하게 생각하자.

〈피셔〉라는 영화 자체의 재미로는 사람들의 의견이 많이 갈리지만, 내 연기에 대해서는 이견이 없다.

"네 커리어만 타격 없으면 돼."

잔인할 수도 있지만, 재익이 형 말마따나 내 커리어에는 아무런 문제가 없다.

['망고' 열연한 도재희의 재발견, 배우'만' 낡은 〈피셔〉]

하지만 가끔 이런 것들이 문제가 되더라. 문제 삼으려고 하지 않는다면, 하등 문제가 안 될 사소한 문제. 이런 사소한 것들이 진짜 문제가 되는 이유는 세상이 자기중심으로 굴러가야 하는 특별대우를 바라는 사람 때문이다.

국내 아주 유명한 원로 배우의 명언이 있다.

"배우에게, 절대 용서할 수 없는 세 가지가 있다. 지각, 특별대우, 틀린 발음."

배우에게 절대 용서할 수 없는 세 가지에 연기를 못하는 배우도 아니고 대사를 못 외우는 배우도 아닌, 지각과 특별대우를 꼽은 것에는 다 그만한 이유가 있지 않을까.

그래, 그만큼 비일비재하다. 이 바닥에는 촬영장 주차장에서 기다리며 다른 여배우가 먼저 도착했는지 확인하고 고의적으로 늦게 들어가는 배우들이나 특별대우를 바라며 자기 위주로 세상이 굴러가야만 속이 풀리는 이기적인 사람들이 즐비하다.

"이 판, 개 같은 곳이야."

누군가 이렇게 말했지만, 나는 그렇게만 알고 있을 뿐 아직 그 더러운 꼴을 제대로 보지 못했다.

이제껏 내가 해왔던 우물 안의 싸움은, 흙탕물 싸움일 뿐이니까. 나는 이제 막 우물 밖에 발을 걸쳤을 뿐이고 송문교, 임주원과 같은 또래, 같은 회사 배우들과의 경쟁에서 조금 앞섰을 뿐이다.

세상은 남 위주로 돌아가는 것을 원하지 않는 사람이 너무나도 많다. 그 싸움은 항상 끊이질 않는다. 나는 〈피서〉를 통해 정말 의외의 도전을 받았고, 어제의 아군이 적군이 되는 모습을 보았다.

"오랜만입니다!"

헤드급 스텝들과 주, 조연배우들이 모인 회식자리.

반가운 마음에 웃으며 등장한 내게, 임강백이 한마디를 던졌다.

"너무 기분 좋아하는 거 아냐?"

"……예?"

임강백, 데뷔 15년 차. 한때는 대한민국 몇 대 얼짱이라 불리며 인기몰이를 했던 청춘스타 출신. 나와는 붙는 신이 많지 않아 대화조차 몇 번 나누지 못했던 주연배우.

그가, 내게 말했다.

"웃는 얼굴 좀 지우지?"

"……"

"요새 좀 대접받는다고 만만하지? 분위기 파악 못 해?"

난데없이 날아든 찬물에 정신이 번쩍 든다.

갑자기 왜 저럴까.

하지만 나는 머리 아프다는 듯 인상을 찡그리고 있는 한만희 감독을 보고, 대충 눈치챌 수 있었다.

나는 아무 말 없이 임강백을 바라보았다.

나는 임강백에게 눈으로 말했다.

'고작, 그런 이유였어?'

유치하긴.

덕분에 분위기가 싸늘해진다. 하지만 나는 임강백에게서 시선을 거두지 않았다. 그 균열은, 〈피셔〉 개봉 며칠 전, 관객 GV에서부터 시작되었다.

〈피셔〉 개봉 며칠 전, 기자들과 일반 관객을 함께 초청한 GV에서 한만희 감독은, 배우 세 명의 이름을 언급했다.

"조승희, 임명한, 도재희 같은 배우들과 함께 작업하여 영광이었습니다."

주연들 이름 뒤에 내 이름이 포함되어 있었지만, 어딘가 어색하게 들리는 이유는 무엇일까. 그건 투톱 주연 특수검사 역할을 한 임강백의 이름이 빠져 있었기 때문이다.

이러한 사실을 모를 리 없는 기자 한 명이 물었다.

"임강백 씨가 빠졌네요?"

그제야 한만희 감독은 '조승희, 임명한, 임강백, 도재희'라고 어색하게 웃으며 정정했다.

이후 요즘 〈숨 닿을 거리〉를 통해 화제를 모으고 있는 '도재희'라는 이름이 머릿속에 맴돌아 무심결에 나왔을 뿐이라고 부연하듯 설명했지만, 이미 GV는 포털사이트를 통해 중계되고 있었고, 기자들도 잔뜩 모여 있던 터다.

-누가 주연이고, 누가 조연임?
-도재희 주연임? 그럼 보러 가고.
-임강백 의문의 1패.

이런 인터넷 반응이 다수였다.

종국에는 '한 감독에게 더 각인된 배우는, 임강백이 아닌 도재희'라는 그럴듯한 소문이 돌았다.

또 영화가 극장에 개봉하고 나자 분량은 임강백이 많았지만, 존재감은 내 쪽이 우세라는 의견이 절대다수를 차지했고, 자연스럽게 위의 가설은 확정처럼 여겨졌다.

임강백을 거론하지 않은 것은 명백한 한만희 감독의 실수였지만, 임강백도 당시에는 대수롭지 않게 넘기는 듯 보였다.

하지만 '미니멈 개런티+러닝 개런티'로 계약했다는 임강백은 개봉 10일이 되어서도 손익분기점을 넘기지 못한 자신의 영화에 불만이 쌓인 것이다.

거기다 GV 당시의 일로 감독과 배우가 불화설이라도 있는 것처럼 포장되는 현 상황도 걷잡을 수 없이 삐딱선을 타게 한 이유에 한 몫 단단히 했을 터.

'이 무슨 유치한 일인가?' 생각할지 모르지만 이런 사소한 '말 한 마디'나 이름을 순서대로 부르는 것을 중요시 여기는 곳이 청문회요, 연예계다.

결국 임강백은 연기력 논란에, 감독 불화설을 얻고 미니멈 개런티만 회수했다.

그에 반해, 나는 다르다.

첫째, 〈피서〉에서 호평 받은 배우는, 오직 나뿐이다.

둘째, 〈피서〉의 배우들 중, 나 혼자 기세를 얻었다.

"……."

그래. 따지고 보자면 너무나 같잖은 이유. 누군가에게는 정말 같잖은 이런 이유가, 어제까지 아무렇지도 않던 사람의 태도를 한순간에 바꾸기도 한다.

"표정 관리 좀 잘하자?"

"……."

아니, 원래 저런 놈이었는데 그동안 숨겼거나, 내가 몰랐던 걸지도 모르지.

"뭘 자꾸 쳐다봐?"

나는 그런 임강백을 아무런 감정의 동요 없이 노려보았다.

임강백이 술잔을 비우고는 눈에 쌍심지를 켜며 말했다.

"눈 깔고 꺼져, 새끼야!"

임강백의 얼굴이 점점 달아오른다.

하지만 이런 임강백의 축객령에 좌중 분위기는 일순간 싸해졌다.

나는 등을 돌린 것이 아니라, 신발을 벗고 안으로 들어서는 쪽을 택했다.

"재, 재희야."

재익이 형이 다급히 내 팔을 붙잡으며 조용히 말했다.

"일단은 분위기상 빠지는 게 좋을 것 같은데."

나는 빙그레 웃으며 말했다.

"제가 뭘 잘못 했나요."

그리고 안으로 들어섰다.

〈피서〉팀이 전체 대관한 좁은 고깃집 중심으로 걸어 들어
가는 내 모습에 임강백은 황당하다는 듯 "미친 새끼네!" 하며
헛웃음을 지었고, 나는 아예 임강백의 맞은편에 앉았다.

"너 뭐하냐?"

그 질문에 대답하지 않고 나는 잔에 소주를 따랐다.

꼴꼴꼴꼴.

그리고 한입에 털어 넣고 말했다.

"저는 선배님과 잘 지내고 싶습니다."

"너, 또라이냐? 지금 분위기 파악 안 돼?"

"……"

정말 조승희 같은 부류는 흔치 않구나.

질투심에 꽁해 있는 것들은, 인지도에 관계없이 어디에나 존
재한다.

"어디서 튀어나온 신인 새끼가 주제도 모르고……"

나는 그런 임강백의 말을 잘라내며 말했다.

"표정 관리 못 해서 정말 죄송합니다. 하지만, 저는 선배님과
잘 지내고 싶습니다."

"……뭐?"

"선배님이 저를 싫어하셔서도, 저는 선배님의 연기 스타일을
너무 좋아합니다. 선배님이 들어가시는 차기작에도 꼭 함께하
고 싶은 마음입니다."

“……?”

임강백의 얼굴에 물음표가 떴다.

당최, 무슨 말을 하는지 모르겠다는 얼굴이다.

왜냐면 말이야.

나는 입을 열기 전, 옆으로 시선을 흘깃 돌렸다. 그러자 우리 쪽을 주시하던 스텝들이 옆으로 고개를 돌렸다. 나는 임강백에게만 들리는 목소리로 조곤조곤하게 말했다.

“그래야 내가 돋보일 수 있거든.”

내가 지금까지 싸워왔던 이들과 임강백의 차이점이라면, 임강백은 호락호락하게 쓰러뜨릴 수 없는 굳건한 커리어가 존재한다는 점이다.

임강백은 스텝들이 보든 말든 카메라만 없다면 휘두를 수 있는 무소불위의 칼이 있고, 그런 그가 내게 물잔을 집어던지고 욕지거리를 했다는 것은, 예상하기 힘든 일도 아니다.

“그래 이 개새끼야! 계속 개겨 봐, 이 씨발놈아!”

“아이, 참. 강백 씨!”

“그만하세요 강백 씨. 강백 씨 매니저 어딨어요!”

사람들이 단체로 임강백의 팔을 붙잡고 만류할 때.

슥, 슥.

나는 그 자리에 그대로 앉아 휴지로 얼굴의 물기를 닦아냈다. 내 얼굴은 비 맞은 강아지처럼 처량한 꼴이 되었다.

전형적인 피해자.

"뭐하는 짓입니까? 그만 하세요!"

가만히 앉아 있던 한만희 감독이 임강백을 향해 소리 질렀다. 술 취해서 후배를 폭행한 가해자가 된 임강백은 잔뜩 얼굴을 붉히며 소리쳤다.

"이 씨발! 시건방진 새끼가 나한테 뭐라고 했는데!"

임강백이 또다시 내게 달려들어 멱살을 잡아끌려고 하자, 재익이 형이 번개같이 달려와 임강백의 손을 쳐냈다.

"그만 하세요."

"넌 뭐야? 이 새끼야!"

"가자."

"……."

"얼른!"

재익이 형은 나를 강압적으로 일으켜 세웠고, 내가 자리에서 일어나 등을 돌리자, 임강백이 소리쳤다.

"그래, 씨발 새끼야! 차기작? 나랑 같이하고 싶다고? 뭐, 네가 돈보여……. 하! 씨발. 어디 한번 해보자 이거야?"

터벅.

나는 그 자리에서 멈춰서 뒤를 돌아보았다.

그토록 기다리던 말이 터져 나왔다.

"스케줄 비워놔, 이 새끼야! 씨발, 요새 좀 오냐오냐 한다고 선배도 못 알아보고⋯⋯."

발악하듯 소리치는 임강백의 말에 나는 최대한 감정을 숨기며 말했다.

"선배님, 죄송합니다."

그다음 말은 들리지 않았다. 시선을 앞으로 했을 땐, 뒤늦게 도착한 조승희와 임명한 선생님이 얼굴을 구기며 우리를 바라보고 있었고, 임명한 선생님은 고개를 저으시더니, 등을 돌려 가게를 빠져나가셨다.

조승희는 내 어깨를 가볍게 두드리며 말했다.

"가."

나는 고개를 숙이고, 현장을 빠져나왔다.

"임강백, 도대체 왜 저래?"

"모르겠어요. 영화 성적에 많이 실망했나 봐요."

재익이 형이 담배를 입에 물었다.

"시발, 제아무리 러닝 개런티로 영화 망쳤다고, 너한테 이럼 안 되지. 300만 넘게 먹살 잡고 끌고 온 게 누군데."

조승희, 그리고 나. 바로 그것이 내게 화를 냈던 이유.

띠링! 문자가 왔다.

-한만희 감독님 : 미안합니다. 재희 씨.

나는 어떻게 답장을 보낼지를 고민하다가, 잠시 휴대폰을 닫아두었다.

먼저 시작한 것은 임강백이지만, 일을 크게 만든 것은 나였으니까. 내게 던져진 그 수모를 눈 딱 감고 조용히 참았다면 아무 일도 일어나지 않았을지도 모른다.

임강백은 뒤에서 여전히 나를 씹었을 것이고, 내가 빠진 회식자리는 어영부영 조용히 끝났을 것이다. 또한, 오늘 일은 사람들의 기억 속에서 조용히 사라졌겠지.

맞다. 내가 일을 크게 벌인 것이다.

"차기작 얘기는 무슨 말이야?"

재익이 형의 질문에 나는 주차장 콘크리트 둔턱에 궁둥이를 붙이며 말했다.

"인터넷에 그런 글들 많잖아요. 저한테 연기로 깨졌다는."

"나, 참. 신인 데리고 뭐하는 짓이야? 그래서, 다시 붙어보자는 거야?"

"제가 먼저 말했어요. 차기작, 같이하고 싶다고."

그러자 재익이 형이 알겠다는 듯 고개를 끄덕였다.

"알…… 만하네."

그러고는 담배 한 대를 연거푸 더 물고 불을 붙였다.

"너도 참…… 처음 봤을 때부터, 착한 얼굴 뒤에 숨겨진 이글거리는 뭔가가 있을 것이라고는 생각했지만…… 욕심 좀 줄여. 너 그러다 진짜 언제 한번 크게 데인다?"

나는 순순히 고개를 끄덕였다.

"후!"

머릿속이 복잡하다.

촬영이 끝났으니, 이제 스카이라운지에서 하나씩 터지는 폭탄을 즐기며 웃을 일만 남았다고 생각했는데 사람 일이라는 것이 생각처럼 내 뜻대로 흘러가지는 않는다.

나는 휴대폰을 들어, 한만희 감독에게 문자를 보냈다.

-감독님. 죄송합니다.

"가자."

머리를 손으로 헝클이며, 차에 올라탔다.

쌀쌀한 10월의 공기도 독립영화인들의 잔치인 서울독립영화제의 열기를 식히지 못했다. OCV아트하우스 역삼에서 열

린 행사는 시작부터 뜨거운 관심을 받았다. 올해, 유독 메이저급 배우들이 참여한 영화가 눈에 많이 띄었기 때문이다. 하지만 치열한 경쟁이 될 것이라는 기대와는 다르게, 결과는 싱겁게 끝났다. 그 중심에는 나와 박진우 연출이 있었다.

[신예, 도재희의 스크린 주연 데뷔작 〈양치기 청년〉 서독제 영광의 '대상' 수상]
['2018년 올해의 독립스타상' 〈양치기 청년〉 도재희!]

서울독립영화제에서 〈양치기 청년〉은 그 진가를 가감 없이 드러냈다. 독립영화제의 특성에 맞게 실험적이고 사회 진취적이지만, 동시에 영화로서의 재미도 놓치지 않은 〈양치기 청년〉은 영화인들의 시선을 사로잡으며 경쟁 부문에서 압도적인 대상 후보에 올랐고, 만장일치로 대상을 수상하는 영광을 안았다.

거기에 '2018 독립스타상'을 내가 수상하며, 흔치 않은 기록인 더블을 기록했다.

내 첫 번째 상이다.

'독립스타'

첫 주연 장편 데뷔작으로 이런 큰 상까지 안았으니, 최소한의 입지는 다진 셈이고.

"상 하나 안겨드려서 이제야 마음이 좀 가벼워졌습니다."

박진우 연출도 좋은 출발을 시작한 셈이다.

SAFA 출신에, 첫 장편 데뷔작부터 서독제에서 대상을 받은 박진우 연출은 벌써부터 여러 영화사에서 러브콜 명함을 받는다고 했다.

좋은 일이다.

그리고 박진우 연출은 내게 다짐하듯 말했다.

"앞으로 더 많은 상을 도 배우님에게 안겨드리겠습니다."

그리고 나도 거기에 보답하듯 더욱 열심히 달려가겠다고 약속했다.

이렇게 서로에게 기분 좋은 약속은 좋은 자극제가 된다.

저 사람에게 실망감을 주고 싶지 않은 자극.

보다 서로가 서로에게 도움이 되고 싶은 자극.

하지만 반대의 자극도 물론, 존재한다.

부산국제영화제 개막식에 참석하기 위해 레드카펫에 어울리는 정장을 고르던 와중이었다.

재익이 형이 복잡한 얼굴로 전화를 받고, 매장 안으로 들어섰다.

"영화가 하나 들어왔는데."

"……."

요즘 내게 영화, 드라마 책이 들어오는 것은 흔한 일이다.

그런데 왜 이렇게 뜸을 들일까. 그 순간, 나는 그 영화가 무엇일지 쉽게 짐작할 수 있었다.

"임강백 주연 작품이야."

아!

"특별출연. 와, 진짜 들어올 줄 몰랐는데. 그 인간 독하다 정말."

"……"

도전장이 왔다.

솔직히 반쯤은 홧김에 저지른 소린데, 정말로 하자고 할 줄은 몰랐는걸.

차기작.

요즘 내 앞으로 들어오는 책들은 정말 물밀듯이 들어온다고 표현할 만큼 많다. 주연, 혹은 매우 매력적인 악역으로.

이것으로 1년 전에 세웠던, '작품을 고를 수 있는 배우'가 되겠다는 목표는 이룬 셈이다.

모든 배우에게는 자신에게 맞는 '이미지'가 존재한다.

흔히, '색깔'이라고 표현하는데 이 때문에 신인배우들은 어쩔 수 없이 '색안경'을 낀 세상에서 살아갈 수밖에 없다.

'쟤, 로맨스는 잘하는데 다른 것도 잘하겠어?'

‘상업적으로 먹힐까? 너무 단색인데?’

‘감정 연기는 못하지 않을까?’

즉, 요즘 좀 잘나가지만, 이런 장르의 연기도 잘할까? 라는 불안감을 동반하는데, 이는 배우 대다수가 피해갈 수 없는 족쇄로 작용한다.

송문교도 로맨스만 했고, 임주원도 틀에 박힌 귀여운 남주 역할만 소화했다. 이는 2018년의 남자 윤 프린스도 마찬가지다. 이런 고정적인 이미지를 깨기 위해서, 〈피서〉에 특별출연하며 내 분량을 뺏어 먹으려는 강수를 둔 것이다.

하지만, 이들과 다르게 나는 ‘예외’였다. 드라마, 영화 모두 장르와 역할을 가리지 않고 들어왔는데, 이는 〈숨 닿을 거리〉 덕분이다.

일곱 가지의 다양한 캐릭터를 소화하는 ‘무명’을 통해 다채로운 역할을 소화할 수 있는 역량을 증명했기 때문이다.

그랬기에, 나는 아주 ‘천천히’ 차기작을 물색 중이었다.

조건도 붙였다. 드라마도 허용하지만, 생방 드라마는 제외. 즉, 100% ‘사전제작 드라마’ 혹은, ‘영화’만.

모두, 완성도를 확인할 수 있는 내 능력이 허용되는 범위 안에서 작품을 고르기 위함이다. 그리고 내 능력을 확실하게 정의할 필요성을 느꼈기 때문이다.

“혹시 마땅한 작품이 없어서 잠시 쉬고 싶으면 언제든지 말해. 지난 1년 동안, 너무 달리기만 했잖아.”

당연히 휴식도 보기에 포함되었다.

그래서 10월, 11월. 2개월 동안 영화제를 다니며, 휴식과 함께 차기작 물색에만 전념할 생각이었다.

그러던 중.

L&K로 걸려온 한 통의 전화.

‘임강백 씨가 꼭 섭외하라고 하시던데요.’

아무래도 그날, 톱스타의 자존심을 제대로 긁은 모양이다.

하지만 유치한 언론 플레이를 통해 나를 갉아먹으려는 움직임은 보이지 않았고, 이렇게 정정당당하게 싸움을 걸어오니 나로서는 거절할 명분도 없다.

그럼.

“시놉시스 좀 볼까요.”

우선, 놀랐다.

[82/100](+2)

생각보다 대본 완성도가 높아서 놀랐고, 내 비중이 절대 작지 않아서 놀랐다.

제목은 〈삭제〉.

재벌가 손자의 섹스 스캔들. 강간의 흔적과 목격자의 기억을 지우려 하는 막장 비리 검사와, 이를 변호하는 정의로운 변호사의 치열한 법정 공방을 다룬 영화다.

임강백의 역할은 비리 검사였고, 나는 피해자(여주인공)의 남동생 역할이자, 극의 키(key)를 쥐고 있는 목격자 역할이었다. 촬영하는 신은 고작 열다섯 신 남짓으로 적지만.

"이것…… 봐라."

신들이 죄다 '검사' 역할인 임강백과 붙는다.

병원에 입원해 있는 목격자인 나를 죽이려고 오는 임강백.

법원에서 억울함을 호소하지만 의견을 묵살하는 임강백.

증인으로서 재판정에 출두하지만 임강백의 유도신문에 휘둘리는 나.

모두 임강백과의 연기 배틀. 어마어마한 집중력을 요구하는 감정 신뿐이다.

"이거, 너랑 제대로 한번 붙어보자는 거 맞지?"

재익이 형의 말에 내가 피식 웃어버렸다.

"유치하네요."

"그렇지? 근데 어쩌겠냐? 고고하신 스타께서 이렇게라도 해야 직성이 풀리겠다는데. 이런 배우들 많아. 원래 유명해질수록 어린애가 되는……."

"그래서 좋아요."

"……한 가지 입장만 해줄래?"

재익이 형의 말에 내가 풉, 웃어버렸다.

"제가 먼저 하자고 했는데요. 뭘."

사실 영화 자체가 재미없으면 어쩌나 하는 고민도 있었다.

하지만 오히려 훌륭한 수준이다.

"사실 이 정도 역할이면, 네가 소화하기에 딱 알맞기는 해. 짧게 치고 빠질 수 있고, 존재감도 상당하고. 어쨌거나 '특별출연'이라는 명목도 있으니까."

"촬영은요?"

"크랭크인도 진작 들어갔어. 한 이주일 넘었다고 했나?"

촬영에 들어간 지 2주째. 이번에 나는 완벽한 굴러온 돌이 되었다.

윤 프린스 때와는 180도 달라진 상황에서 내가 취할 방법은.

"할게요."

최대한 '잘'하는 수밖에.

3장

인연의 고리

인연의 고리란 참으로 무섭다.

그리고 이 고리는 보이지는 않지만 지천에 깔렸다.

부산. 해운대 영화의 전당을 방문했다.

부산국제영화제, 줄여서 부국제는 단순한 영화제가 아니다. 이미 대한민국을 넘어, 아시아권에서 매우 영향력 있는 국제영화제 중 한나로 성장했다.

관객 수는 매년 증가해 20만 명에 육박할 정도고, 참가하는 작품의 '질'도 보장된다.

서독제가 단순한 독립영화인들의 축제였다면, 부국제는 황금의 땅이다.

어스름한 저녁.

남자 배우들은 잘 빠진 턱시도를 입고, 여배우들은 화려하면서 시선을 잡아끄는 관능적인 드레스를 입는다.

이 개막식에 참석하는 수많은 유명 배우들을 일일이 열거하기에는 입이 아플 정도다.

그리고 나 역시, 〈뉴 커런츠〉 경쟁 부문에 당당하게 이름을 올린 작품의 주연으로서 이 자리에 참석했다.

나는 카니발 리무진 안에 대기한 채로, 입장 차례를 기다렸다.

"아, 물을 너무 많이 마셨나 봐요. 저, 잠시 화장실을 좀 다녀오고 싶은데."

"……."

함께 입장하는 사람이 늘씬한 여배우가 아니라 안절부절못하는 얼굴의 박진우 연출이라는 점만 뺀다면 그야말로 완벽한 하루.

"저기, 저희 차례 많이 남았나요?"

"네?"

재익이 형이 영화제 스텝을 붙잡고 물었다.

"감독님이 화장실 다녀오고 싶다고 하시는데, 안 될까요?"

"지금은 좀 힘들 것 같은데요. 화장실은 안으로 쭉 들어가셔야 있거든요. 아아! 출발 준비하세요."

재익이 형이 어깨를 으쓱이며 고개를 저었다.

"으으, 괜찮습니다. 긴장해서 그런가 봅니다."

다행히 오래지 않아, 차량이 조금씩 앞으로 이동했다.

"자, 준비!"

차량은 건물 사각지대에 숨어 있다가.

"출발하세요!"

스텝의 사인에 맞춰 정확하게 출발한 리무진은 그대로 미끄러지듯 레드카펫 입구로 흘러 들어갔다.

약속된 자리에 차량이 정차하고, 기도 한 명이 달려와 카니발의 문을 연다.

부웅! 찰칵찰칵!

문이 열리자마자 아찔한 카메라 세례가 이어졌다.

우와! 그나저나 많기도 하다.

가운데 놓인 레드카펫, 그 좌우에 펼쳐진 수많은 군중 사이에서 나는 최대한 당당한 표정으로 걸었다.

흘깃 뒤를 살피니, 걱정과는 다르게 박진우 연출도 안정된 얼굴로 내 옆에서 함께 걸어 들어왔다.

"재희 오빠! 여기 좀 봐주세요!"

라인에 붙어 있던 내 팬 한 명은 셀프 카메라를 들이밀었고, 나는 함께 사진을 찍어주는 여유까지 선보였다.

포토존에서는 손을 흔들며 입가에 미소.

“스. 마. 일.”

“푸흡.”

옆에 서 있는 박진우 연출의 억지스러운 미소를 보고는 웃음이 터질 뻔했다.

그래도 이만하면, 제법 여유롭게 잘해낸 것 같은데.

이날의 부국제 개막식은 많은 진풍경을 자아냈다.

너무 과한 것이 아닌가 싶을 정도로 가슴이 강조된 여배우의 드레스부터, 인사를 하다 가슴골을 심하게 노출해 버려 실시간 검색어에 오르내린 신인배우, 워킹 도중 관객 모두와 하이파이브를 나누는 여유로운 중견배우까지.

그리고 ‘초청’이 아니라, ‘참가자격’으로 방문한 나에 대한 취재 열기는 프레스 존을 한참이나 뜨겁게 달구었다.

“수상 가능성을 어떻게 보십니까?”

“수상 여부와 관계없이 열심히 찍었습니다. 박진우 감독님의 실력을 믿습니다.”

“경쟁 부문 작품 중에서 가장 ‘상업적’이라는 의견도 나오는데요. 이에 대해서는 어떻게 생각하십니까?”

“상업적, 비상업적을 구분 지을 필요는 없다고 생각합니다. 좋은 영화는 자연스럽게 관객에게 전해지는 법이니까요.”

“여기까지 하겠습니다.”

“잠시만요! 질문 하나만 더 하겠습니다!”

예정된 시간을 오버한 인터뷰를 마치고, 나는 배우들 틈바구니에서 함께 개막식을 즐겼다.

데뷔 연도로 치면 이 중에서 가장 막내나 다름없었기에, 쉴 새 없이 고개를 숙이며 인사를 했는데.

“어라, 도재희 씨?”

“반가워요. 나는 함중훈이라고 합니다.”

“재희 씨? 드라마 잘 봤어요.”

TV나 스크린으로만 보던 유명 배우들이 오히려 먼저 나를 알아보고 인사를 해왔다.

“……”

신기한 일이 아닐 수 없다.

확실히 치솟은 내 인지도에 대한 반증은.

“재희야, 실검 9위!”

바로, 실시간 검색어.

KTN을 통해 개막식 현장이 실시간으로 중계되었는데.

아찔한 가슴골을 노출한 여배우 이름이 실시간 검색어 1위를 장식하고 있는 상황에서, 아무런 관계도 없는 내 이름이 순위에 올라갔다는 것은 그만큼 많은 관심을 받고 있다는 뜻이리라.

“부산국제영화제! 개막을 선포합니다!”

경쟁 부문 심사위원 소개, 아시아 영화인상 같은 시상식 행사가 이어졌다. 국내외 영화인들의 가장 뜨거운 축제라는 이름에 걸맞은 화려한 시상식이었다.

모든 행사가 끝이 나고, 야외극장에서 개막작 상영이 이어지려는 찰나.

"저기, 도 배우님?"

누군가 내게 말을 걸어왔다.

나와 개인적인 친분이 없는 사람이었지만, 이 사람이 누구인지 떠올리는 것은 그다지 어렵지 않았다.

멀끔한 턱시도를 차려입고, 인상적인 턱수염을 기른 남자.

"아."

조금 전, '올해의 영화인상'을 수상한 전주국제영화제 집행위원장 임학두, 서울독립영화제에서 심사위원을 맡았던 남자였다.

"아, 안녕하십니까."

얼굴을 알아보자 임학두는 의외라는 듯 눈을 껌뻑였다.

"저를 알아보시네요?"

"물론입니다. 수상 축하드립니다."

"도 배우님도 '독립스타상' 수상 축하드립니다."

"위원님 덕분입니다."

"껄껄, 심사위원과 수상 배우의 만남이니 누가 보면 오해라도 하겠습니다. 단도직입적으로 말하겠습니다. 드릴 말씀이 있습니다."

“저…… 한테요?”

서독제의 인연으로 만난 올해의 영화인, 전주 집행위원장 임학두와 함께 호텔 로비를 걸었다. 나를 찾은 내막은, 그제야 들을 수 있었다.

그가 물었다.

“요즘 준비하시는 작품이 있습니까?”

특별출연을 스케줄이라고 하기는 어렵겠지.

“없습니다.”

“아! 잘되었네요.”

임학두 위원장이 함박웃음을 지었다. 내가 작품에 들어가지 않았기를 고대해 왔던 얼굴이었다.

그가 다급하게 말했다.

“거창하게 포장하지는 않겠습니다. 실은, 도 배우님을 섭외하고 싶습니다.”

잠시만.

너무나 뜬금없는 제안에 내가 말끝을 흐렸다.

“섭외라 하심은……”

“서독제에서 본 도 배우님의 연기가 인상 깊었습니다. 특별히 편집의 힘을 빌리지도 않았고, 음악의 힘에 의존하지도 않았는데, 오로지 표정과 호흡으로만 극을 이끌어가는 배우의

'힘'에 감탄하고는 했습니다."

아니, 그게 아니라.

"직접, 영화를 준비하시는 겁니까?"

"아닙니다. 임창태 감독님을 아십니까?"

"……."

임창태 감독.

너무 뜬금없이 나온 이름이 얼떨떨할 뿐이지, 알다마다.

내가 태어나기도 전부터 영화를 찍은, 한국 영화계를 대표하는 거장이 아닌가.

"이번에 임 감독님이 인생 마지막 영화를 준비하십니다. 그의 37년 영화 인생의 종지부를 찍을 은퇴작을요."

…….

거장의 은퇴작.

"촬영지가 전주라, 저희가 많은 도움을 드리고 있습니다. 비단 저뿐만이 아니라, 한국 영화계를 이끄신 거장의 은퇴작이라 영화인 전체가 십시일반 하고 있지요."

한국 영화인들의 이목이 집중된 역작.

임창태 감독의 영화를 예술영화라고 할 수는 없지만, 그의 영화는 한 폭의 유려한 수묵화와 같다. 잔잔하고 깊고 애절하다.

그렇다고 흥행에 참패하는 감독은 아니다.

메가 히트작을 뽑아내는 스타 감독은 아니지만, 손익분기점을 넘지 못하면 영화 인생 전체가 단두대에 걸리는 잔인한 영화 판에서 오랫동안 '존경'받아 온 그의 경력을 보아도 알 수 있다.

일정 기대치는 매번 해내는 감독. 이런 노장의 영화를 기다리는 팬들은 국내에 여전히 많다.

"그 말씀은……."

"제가 도 배우님을 감독님께 추천해 드렸습니다. 감독님도 한번 뵙고 싶다고 하셨고요."

"……."

나는 어떻게 대답해야 할지 몰라 대답을 망설였다.

그러자 임학두 위원장이 말했다.

"실은, 며칠 전에도 이미 도 배우님 회사에 책을 보냈습니다. 하지만 회신을 받지 못했기에, 다른 작품에 들어가시는 것이 염려되어 결례를 무릅쓰고 이렇게 말씀드립니다."

이미 책을 보냈다고?

내가 물었다.

"제목이 무엇입니까?"

임학두 위원장이 밝게 웃으며 말했다.

"가제는 '사도세자'입니다. 창(唱)이 가미된 영화입니다."

사도세자, 부왕에게 사사된 비운의 세자.

이 드라마틱한 역사적 인물은, 그간 수많은 콘텐츠를 통해 재생산되었지만, 이 밋밋한 가제만으로는 절대 임창태 감독의 감성을 예측할 수 없을 것이다.

비를 맞고 칼춤을 추며 서럽게 통곡하기도 했고.

뒤주에 갇혀 구슬프면서도 시원시원한 창을 뽐내기도 한다.

이 영화는, 실로 강렬했다.

부산국제영화제에서 마주친 이 인연의 고리가 주는 파장은 생각보다 컸다.

'뉴 커런츠' 심사가 진행되는 영화제 기간 내내, 나는 일종의 '충격'에 빠졌으니까.

계속해서 머릿속에는 '세자 이선'을 연기하는 내 모습이 생생하게 그려졌다.

기본적으로, 창(唱)이 가능하다는 전제하에 진행되어야 하는 그림.

세자를 염탐하는 노론 양반의 뱃가죽에 칼을 꽂아 넣고 광소를 터뜨리는 얼굴이나, 무녀를 궁으로 들여, 향락에 취한 표정. 걸쭉한 창(唱) 한 가락을 뽐내기도 하고, 뒤주에 갇혀 구슬피 우는 장면들은 상상만으로도 짜릿한 카타르시스가 느껴질 지경이었다.

나는 아예, 상상하는 것을 포기하고 눈을 감았다.

"……"

내가 이 영화에 주목하는 점은 하나, 대본의 완성도.

[86/100](+14)

더할 나위 없이 완벽한 100점.

이 영화는 분명, 대중들에게 메가 히트작으로 주목받는 작품은 아닐 것이다. 하지만 은퇴하는 영화계의 노장의 은퇴작으로 한국 영화인들의 지대한 주목을 받고 있는 작품이다.

만약 나의 능력이 단순히 대본의 완성도를 보는 것이 아니라, 그 이상의 '무언가'가 내포되어 있다면.

"……히트작이 될 수 있다."

부산국제영화제의 시상식과 폐막식에도 참여할 예정이었지만, 그렇다고 영화제 내내 부산에 머무르지는 않았다.

개막식 다음 날 곧바로 서울로 돌아온 나는 제일 먼저 사무실을 찾았다. 그리고 '책'에 파묻혀 한참을 움직이지 않았다. 혹시 모를 '보석'을 놓치고 싶지 않다는 내 욕심 때문이었다.

단순히 〈사도세자〉(가제)에 콩깍지가 씐 것은 아닐까.

이것 말고도 90점 이상의 완성도를 자랑하는 숨겨진 보석이 있지는 않을까.

범죄, 정치, 액션, 코미디, 로맨스, 역사, 공포, 스릴러, 미스터리……. 장르를 가리지 않고 2019년 1월 이후에 크랭크인에 들어가는 작품들을 면밀히 훑어보았다. 제법 시간이 걸리는 일이었지만, 결국 개운한 표정으로 자리에서 일어났다.

머리가 맑아진다.

답이 하나로 귀결되었기 때문이다.

"왜? 좋은 일이라도 있어?"

발걸음이 가벼워진 나는 고개를 끄덕였다.

"네. '사도세자' 할게요."

만약, 〈사도세자〉(가제)만큼이나 나를 잡아끄는 강렬한 작품이 있었다면 두 번, 세 번 고민했을 것이다.

하지만 없다. 그래. 거장의 은퇴작이라는 외부요소를 제외하고도 이만한 끌림은 〈양치기 청년〉 이후로 처음이다.

내 확답에 재익이 형이 엄지를 치켜세웠다.

"좋아. 훌륭한 결정이야. 안 그래도 그 영화 나도 알아봤는데……. 인기가 상당하더라."

"그래요?"

"응. 특히 주연 캐스팅에 대해서 물밑 작업이 엄청 치열했다고 하더라."

"무슨 물밑 작업이요?"

“일단, 사도세자라는 소재가 평타 이상은 칠 것이라는 기대 감도 있고. 임창태 감독 은퇴작이라는 소문이 공공연하게 돌았잖아. 다들 이 작품 하고 싶어서 난리가 난 거지. 임창태 감독 쪽 조연출 나이가 마흔인데, 조연출이랑 접촉해서 자기네 배우 꽂아주는 거 밀어주면, 입봉 도와주겠다고 했다나 뭐라나.”

“답변은요?”

“거절. 임창태 사단이 충성도는 알아주거든. 캐스팅은 감독님 몫이라고, 일언지하에 거절했대.”

“대단하네요. 그런데, 조연출님 나이가 마흔이라고요?”

“응. 보니까 일부러 입봉을 미뤄왔던 건가 보더라고. 임창태 감독 은퇴작까지 돕고 싶어서.”

“……”

영화계에 조연출의 나이대가 사십 대를 넘는 경우는 흔치 않다. 일반적으로 연출부를 거쳐 인물 조연출, 의상 조연출 등을 통해 결과적으로 ‘감독’ 입봉을 준비한다.

그런데 본인 입봉 시기를 늦추면서까지, 노장의 곁을 지키는 오래된 조연출의 충성심. 이거야말로, 임창태 사단의 진면목이 드러나는 말 아니겠는가.

“하지만. 이것으로 주연 캐스팅은 깔끔하게 교통정리 끝나겠네.”

애초에, 물망에 오르내리던 인원은 없었다고 한다.

여기저기 공고를 내지도 않았는데 입소문을 타버려 너도나도 하고 싶었을 뿐이다.

실질적인 후보는 나 하나. 보내온 대본도 L&K가 전부.

임학두 위원장의 강력한 추천을 받은 임창태 감독 역시, 〈양치기 청년〉을 감상하고 단박에 내 이름을 콜업 했다고 했다.

'이 친구로 가자고. 좋네, 좋아! 껄껄.'

이제, 메이저 영화의 주연으로 데뷔한다.

재익이 형이 물었다.

"근데, 정말 안 쉬어도 괜찮겠어?"

휴식 기간 없이, 영화에 들어가도 괜찮겠냐는 의미였다.

하지만 본격적인 크랭크인은 어차피 1월.

"영화제랑 특별출연 촬영 끝나도 11월에 시간 비잖아요. 일주일만 휴가 주세요."

"그거면…… 충분해? 촬영이 없다뿐이지, 창(唱)도 배우고, 승마도 배우려면 시간이 부족할 거야. 각오는 된 거야?"

지난번, 〈숨 닿을 거리〉를 준비하며 쉬는 동안 깨달았다, 휴식은 내 체질이 아니라는 것을.

딱, 일주일만 쉬고 영화에 필요한 기본기를 익히기 위해 바쁘게 다녀야 할 터였다.

"괜찮아요."

"오케이. '삭제' 촬영 준비는 잘하고 있지?"

“네.”

“준비 열심히 해야겠더라. 거기 촬영장 분위기 안 좋다고 하던데.”

분위기가 안 좋다, 라.

“왜요?”

“들리는 소문에는 임강백이 조승희 흉내 내고 다닌다고 하던데?”

“……”

‘연기 결벽증’ 조승희 흉내.

알 만하다.

아마 싫어하는 놈을 자기 작품에 출연시키면서까지 개망신을 주고 싶은 그 욕심에서 비롯된 소문일 것이다.

임강백과의 재회가, 얼마 남지 않았다.

[92/100](+a)

내가 처음 〈양치기 청년〉을 선택한 결정적인 계기.

아무래도, 이 능력은 단순히 대본의 완성도만을 말하는 것이 아닌 모양이다.

‘a’는 확실하지는 않지만 ‘포텐’ 혹은 ‘시너지’를 포괄적으로 포함한 듯 보인다.

무한대의 가능성을 의미하는 이 영화는 내 등에 단순히 날개를 달아준 것이 아니라 입에 여의주를 물려주고, 이무기에서 용이 될 기회를 주었다.

“‘뉴 커런츠’ 영광의 대상 시상에는, 심사위원장이신 이탈리아가 배출한 최고의 거장 알 필란체스 감독님을 모시겠습니다!”

영화 〈플랜〉을 통해 1993년 아카데미상을 받고, 베를린국제영화제에서 감독상, 골든글러브까지 석권한 이태리 거장, 알 필란체스 감독은 부산국제영화제 ‘뉴 커런츠’ 경쟁 부문에서 아시아 영화에 대한 무궁한 기대감을 드러냈다.

다양한 미사여구로 포장된 말들, 그 말의 결론은 좋은 작품이 많아 시상이 어려웠지만. 대상은 만장일치로 의견을 통일했다는 이야기였다.

그리고 대상의 영광스러운 주인은.

“Liar Man(양치기 청년).”

“축하합니다!”

당연하게도, 〈양치기 청년〉과 박진우 연출의 몫이 되었다.

펑! 퍼버벙!

종이 폭죽과 카메라 플래시가 동시에 터져 나왔다.

“헉.”

그리고 얼떨떨한 표정을 숨기지 못한 박진우 연출은 경악할 듯 입을 쩍, 벌리더니 내 팔을 붙잡았다.

“이, 이게 대체……”

“축하드립니다, 감독님.”

내 팔꿈치를 부여잡은 박진우 연출의 손이 파르르 떨린다.

전혀 예상하지 못했다는 반응이었지만, 나는 예상했다.

글쎄, 이 영화는 받을 만하다니까.

“수상자인 박진우 감독님을 앞으로 모시겠습니다!”

“감독님.”

“아……! 네, 네.”

국내 영화계의 슈퍼 루키가 된 박진우 연출은, 쓰러질 듯 휘청거리는 다리를 부여잡고 무대 단상을 향해 걸어갔다.

알 필란체스 감독이 박진우 연출에게 상패를 건네었다.

그리고 수상소감을 위해 무대에 선 박진우 연출의 얼굴은 늠름한 수상자와는 조금 거리가 멀어 보였지만.

뭐, 어때. 누가 뭐래도 대상인데.

“우, 우선……. 감사합니다. 이 영화를 좋게 봐주신 모, 모든 분께 가, 감사드립니다.”

“저 바보가, 뭐라고 하는 거야.”

박진우 연출의 힘들었던 모습을 가장 가까이서 지켜봐 왔던 제작부장의 눈가가 조금 촉촉해졌다.

"그래도 좋으시죠?"

"……그럼요."

제작부장이 풉, 하고 웃었고 나는 잠자코 박진우 연출을 바라보았다. 그는 떨고 있었지만, 그의 진심을 느끼는 것은 어렵지 않았다.

박진우 연출의 진심은 아주 진하게 다가온다. 마치 에스프레소처럼.

"먼저 한 가족이나 다름없는 SAFA 식구들, 믿고 의지해 준 후배들, 지지해 준 가족들……. 이 영화를 찍으면서……. 제 인생에서 소중한 분들이 너무나 많이 생겼습니다."

약간의 침묵.

"하지만 그중에서 가장 고마움을 표하고 싶은 분은."

나와 박진우 연출의 시선이 허공에서 부딪혔다.

박진우 연출의 수상소감의 화룡점정은, 나를 향했다.

"제게 가장 큰 힘이 되는 분입니다. 커리어에서 가장 바쁠 시기에 제 영화의 주연을 맡아주셨고, 언제나 제게 좋은 자극이 되셨던 분입니다. 도재희 배우님!"

"아…… 이런."

내가 오른쪽 눈썹을 긁적이자, 어디선가 빨간 REC 녹화불이 번뜩이고, 내 쪽으로 눈이 집중되었다.

나는 잠시 고개를 숙이고 북받쳐 오르는 감정을 추슬렀다.
그러고는 당당히 단상을 향해 시선을 던졌다.

그리고 환하게 웃음 지으며 손뼉을 쳤다.

짝, 짝짝짝!

내 박수 소리는 들불처럼 번져 나갔고.

"훠우!"

"와아!"

영화의 전당 두레홀은 환호 소리로 크게 울려 퍼졌다.

박진우 연출은 격정으로 가득한 목소리로 외쳤다.

"이 대상의 영광을 함께 나누고 싶습니다!"

나 역시, 가슴 한편이 뜨거워짐을 느끼며 주먹을 강하게 움켜쥐었다.

그래, 충분하지.

부산국제영화제에서 내가 받은 개인상은 없다. '올해의 배우상'은 폐암 판정을 받고 죽기 직전까지 열연을 불태운, 지금은 고인이 된 일본의 어느 중년배우에 돌아갔다.

하지만 너무나 값지고 큰 상을 받은 것이나 다름없다.

"감사합니다!"

"와아아!"

내 첫 번째 국제영화제. 그리고 대상.

나로 인해 값진 상을 받았다며 눈물 흘리는 감독이 있다.

앞으로 평생 함께할, 그런 친구.

그리고 이 젊은 감독의 여정은 아직 끝나지 않았다.

그건 나 역시 마찬가지고.

··· 4장 ···

개싸움

이제부터 벅차올랐던 가슴을 차갑게 눌러야만 했다.

내가 부산에서 보고 느꼈던 아름답고 뜨거운 것들은, 차가움 속에서 쟁취해야만 얻을 수 있는 아주 '귀한' 감정이니까.

내 본질, 무대의 메인은 이렇게 항상 차가운 곳에 있다.

〈삭제〉 촬영 현장에 도착하고 제일 처음 느꼈던 감정은 마치, 들어오면 안 될 곳에 들어온 것 같은 느낌.

짙은 경계. 호랑이굴에 제 발로 나타난 사냥꾼.

그 이유가 무엇일까 차분하게 살펴보니 이는, 동료 배우들의 기묘한 시선 때문이다.

'쟤가 개야?'

조승희의 영화에 조승희가 좋아하는 조연들이 대거 등장하듯, 임강백의 영화에는 임강백을 따르는 배우들이 있게 마련이다. 이들은 하나같이 내게 적대적인 시선을 던졌다.

어떻게 소문이 퍼졌는지는 안 봐도 뻔하다.

"안녕하세요. 이렇게 응해주셔서 너무나 감사드립니다. 저는 제작부장을 맡은……"

"……"

나를 반기는 프로듀서의 말은 귀에 들리지도 않았다.

파다하게 퍼져 있는 이 불순한 공기에 내 발길이 얼어붙는다.

그리고 이곳의 왕이 나타났을 때.

"……"

나는 마른 침을 삼켰다.

임강백은 〈피셔〉에서 보았을 때보다 조금 날렵해진 느낌이었다.

뭐랄까, 딱 맞는 옷을 입고 있다고 할까?

그런 그가, 나를 한참 동안 주시하더니 별안간 손뼉을 치며 말했다.

짝짝짝!

"자! 빨리빨리, 찍읍시다."

촬영장은 경기도 광명의 한 국립재활병원.

　총 5층 건물인 이곳은 4, 5층은 아예 일반 병동으로 쓰이지 않고 촬영 대관만 받는 곳이다. 병원 특유의 냉담하고 이타적인 분위기는 암묵적으로 내게 말하고 있다.

　'제대로 해야 할걸.'

　감독님 휘하 스텝들이 하는 경고는 아니었다.

　조금 전까지 다른 신을 촬영하고 있던, 조연급 배우들의 눈빛이 내게 말한다.

　"안녕하세요. 도재희 씨?"

　약간의 비아냥거림과 냉소를 담은 인사.

　"반가워요. 나 알죠? 내가 선배인 것 같은데 그냥 말 편하게……."

　"……."

　나는 이런 하잘것없는 이들의 공격은 철저하게 무시했다.

　"……뭐야, 지금 나 무시한 거?"

　연출부에게 물었다.

　"의상실은 어디죠?"

　"아, 복도 끝 407호실을 의상실로 쓰고 있습니다."

　그리고 곧바로 407호실에서 환자복으로 갈아입고, 다시 현장으로 들어섰다.

　"안녕하십니까."

　"아, 재희 씨? 강백 선배님께 말씀 많이 들었습니다."

무슨 말씀을 들었을까.

"반갑습니다. 전 '삭제'의 연출을 맡은 이경우입니다. 잠시만 기다리시겠어요? 바로 앞 신 촬영 중입니다."

"네."

비교적 젊어 보이는 30대 초반의 감독.

단편영화 〈기억, 삭제〉를 통해, 단편영화제에서 입상하고 운 좋게 투자자를 만나, 동일한 시나리오를 '장편'으로 늘려 그대로 입봉했다.

즉, 이것이 장편 데뷔작인 셈.

[#48 병원 복도 / 야외 / 밤 / 14 / 검사, 병원출연자]
[#49 병실 / 야외 / 밤 / 14 / 검사, 목격자]

스케줄 표를 받아보니, 바로 앞 신을 촬영 중이었다.

임강백이 '목격자'인 나를 죽이기 위해 병원으로 들어서는 장면이다.

"레디! 액션!"

모니터 뒤에서, 임강백의 연기를 뚫어져라 바라보았다.

대사는 없이 호흡과 표정, 걸음걸이만으로 신의 긴장감을 조성해야 하는 장면.

항공점퍼의 지퍼를 턱 아래까지 잠그고, 모자를 눌러쓰고 '

나 멋있어'라는 기운을 온몸으로 뿜어내는 임강백을 보며 나는 고개를 끄덕였다.

〈피서〉보다는 확실히 무르익은 느낌. 데뷔한 지 10년이 넘은 그 내공은 어디 안 간다는 것인가.

캐릭터는 똑같은 검사인데, 〈피서〉와 왜 차이가 날까 곰곰이 생각해 보았지만, 답은 하나다.

'여긴 내 구역이야.'

조승희에게 밀린 이인자라는 타이틀에서 벗어난 임강백은 자신감이 가득해 보였다.

"오케이!"

내 생각에도 저만하면 충분한 듯싶었다.

그런데 분명 오케이 사인을 받았음에도 자신의 연기를 두 번 세 번씩 돌려본 임강백은 재촬영을 요구했다.

"다시 한번만 가시죠."

"음, 괜찮은 것 같은데요? 어차피 길게 쓸 컷이 아니라 표정 좋은 부분만 몇 개 따서……."

"다시 가요."

"……그럴까요?"

신인 감독의 머리 꼭대기에서 이 현장 전체를 총괄한다.

조금, 과하다고 느낄 정도로.

무빙 카메라를 든 촬영 감독과 호흡을 맞추기보다는.

“컷! 다시 가시죠.”

감독이 외쳐야 할 컷 사인을 본인이 먼저 쳐버리고.

“너무 빠른데요. 감독님. 제 움직임 보고 움직여주시죠.”

촬영 감독에게 본인의 움직임을 맞추라고 요구하는 뻔뻔함까지.

“조용! 슛 가시죠!”

촬영장을 마음껏 주무르는 괴팍함, 하지만 더 황당한 것은 아무도 임강백에게 뭐라고 할 수 없는 현장이라는 점이다.

“감독님? 안 갑니까?”

“아, 네! 알겠습니다. 가시죠!”

“갈게요! 조용!”

“…….”

마치, 조승희라는 학교 통에게 밀리던 만년 이인자가 시골로 전학 가서 착한 시골 학생들에게 패악질 부리는 것처럼 느껴졌다.

“휘유.”

하지만 감독도 스트레스를 아주 안 받는 것은 아닌지 헤드셋을 벗으며 고개를 절레절레 흔들어 보였다.

“…….”

나는 이 현장의 ‘기이함’에 소름이 돋을 지경이었다.

조승희는 연기 결벽증이 있었지만, 강압적으로 말하지 않았고 감독의 영역을 절대 침범하지 않는 '예의'가 있었다.

하지만, 이건 뭐란 말인가?

"컷! 아, 다시 가시죠. 저랑 사인이 안 맞는데 감독님? 타이트한 사이즈로 들어오면 멈추서야 제가 지나가죠."

"아, 리허설 한 번 하고 갈까요. 그럼?"

"바로 가요."

감독의 존재조차 공기화 시켜버린다.

"거 봐. 분위기 안 좋지?"

재익이 형이 슬쩍 다가와 내게 커피와 의자를 건네주었다.

나는 고개를 끄덕이며 자리에 앉았다.

시간을 확인하니, 밤 8시 20분.

난 작게 중얼거렸다.

"삼십 분은 더 걸리겠네."

고작 걸어오는 장면 하나에 이 정도로 힘을 주는 데에는 다 이유가 있을 것이다.

'보여주기.'

이 판에서 가장 많이 보아왔던 '정치'의 일부이며, '기 싸움'의 시작이다.

임강백은 바로 앞 신을 통해 내게 말하고 있다.

'너도 그냥 넘어가지는 못할 거야.'

그리고 드디어 임 '감독'님 입에서 오케이 사인이 떨어졌다.

8시 50분. 정확히 삼십 분이 추가로 더 걸렸다.

"자! 바로 다음 신 준비할게요!"

끼익.

나는 삐걱거리는 의자에서 일어나 커피로 목을 축였다.

"아아."

그리고 복도를 걸으며 가볍게 목과 입술을 풀었다. 얼굴 근육의 수축과 이완을 반복했고, 턱이 빠질 만큼 혀 근육을 자극했다.

몸을 풀며 잠시 복도를 거닐고 있자.

"준비 끝났습니다."

세팅이 끝났는지 안으로 들어오라는 연출부의 말에 401호실 안으로 들어섰다.

"리허설 할게요."

리허설 직전 임강백과 내 시선이 마주쳤다.

출발 신호처럼 이경우 연출이 지문을 읽기 시작했다.

"복도 제일 구석 으슥한 2인 병실. 목격자가 누워 있는 침대 맞은편은 말끔하게 정리된 채 비어 있고, 목격자는 홀로 누워 있다. 가습기의 수증기만이 올라오는 어딘가 오싹한 공간. 그때, 문이 열리며 검은 복장의 괴한이 들이닥친다."

임강백은 문을 열고 안으로 들어오더니, 양쪽 귀에 걸린 마스크로 입을 가리는 제스처를 취해 보였다.

연출이 물었다.

"무술 감독님? 이제 어떻게 할까요?"

간단한 액션 시바이가 있기 때문에, 무술 감독이 앞으로 나서며 말했다.

"강백 씨가 목을 조르려고 다가오면 목격자가 자리에서 벌떡 일어나 침대 아래로 굴러떨어지는 것이 어떨까요?"

무술 감독의 지시에 맞춰, 드라이하게 움직였다.

나는, 나를 향해 슬금슬금 다가오는 기척을 느끼고, 눈을 번쩍 뜬 뒤, 빠르게 몸을 옆으로 굴려 침대 아래로 착지. 그리고 달아나려고 일어서면, 임강백이 다리를 잡고 매달린다.

파악!

"좋네요. 이렇게 가볼까요?"

늦은 밤, 불 꺼진 병동 2인실.

커튼 틈 사이로 비추는 희미한 달빛만이 이 공간을 밝히는 조명의 전부. 가습기에서는 수증기가 스멀스멀 올라오고, 옆으로 무빙하던 카메라가 멈춰 선다.

곧 포커스가 아웃되며, 드르륵 소리와 함께 문이 열린다.

얼굴은 보이지 않는, 청바지에 검은 항공점퍼. 손에는 검은 가죽 장갑. 웬 남자 한 명이 안으로 들어선다.

백 풀샷(뒤에서 찍은 풀샷)에 걸리는 남자의 바지 뒷주머니에 구겨진 듯 들어 있는 신문지, 신문지로 병실 창문을 가린 괴한은 앞으로 움직이기 시작한다.

앞으로 걸어가는 괴한의 발이 인서트로 깔리고.

저벅, 저벅.

괴한의 목적지는 정확하게 사람이 누워 있는 병원 침상으로 향한다. 진 하늘색의 병원 모포를 덮고 있던 목격자의 손끝은 미세하게 떨린다.

이미 곁눈질로 남자의 등장을 확인한 상황.

절그럭.

괴한이 침상 앞에 멈춰서 서, 옷장에 걸려 있는 목격자의 붉은 색 니트를 꺼내 든다.

니트를 이용해 입과 코를 틀어막을 심산.

그리고 점점 다가오는 괴한의 움직임에 목격자가 재빠르게 반대쪽 침상으로 몸을 굴린다.

"사, 살려……."

절겅!

슬라이드식 가드레일에 몸이 걸리지만, 재빠르게 넘어간다.

"컥!"

"……!"

괴한 역시 황급히 손을 뻗지만, 목격자의 병원복은 미끄러지듯 빠져나가 버린다.

"크흑!"

엎어진 괴한이 이를 악물고 몸을 날린다.

부웅!

"아, 아아악! 아악!"

목격자는 바닥에 쓰러지며 폐부를 찌르는 고통에 괴로워하다, 이를 바스러질 듯 물고, 자리에서 일어나려 한다.

"사, 살려……."

하지만 그 등 위로 괴한의 발이 떨어지고. 그대로 다시 바닥에 처박힌다.

"사, 살려주세……. 컥!"

안간힘을 다해 소리를 질러보지만, 힘을 당해내긴 역부족. 다리를 잡아끄는 괴한에게서 빠져나가려 애쓰지만, 금세 입이 틀어막혀 버린다.

그런 목격자를 향해, 괴한이 말했다.

"조용히 해. 이 씨발."

"사, 사, 사…… 살려주세요."

목격자는 사시나무 떨듯 몸부림치다 이내 고개를 황급히 저으며 눈을 감아버린다.

"저, 아, 아, 아무것도 못 봤어요. 제발……. 제, 제발……."

괴한이 목격자의 목을 조르기 시작했다.

터질 듯 얼굴이 부풀어 오르는 목격자의 얼굴을 바라보던.

“……!”

이경우 연출과 촬영 감독 그리고 ‘도재희’의 연기를 조롱하기 위해 모인 주변의 배우들은.

“……쩐다.”

모니터에서 튀어나올 것 같은 둘의 연기에 손에 땀이 날 지경이었다.

“후.”

이경우 연출은 아예 헤드셋을 벗어 한쪽만 귀에 갖다 댄 채 침을 꿀꺽 삼키며 몰입했다.

벌써, 5테이크.

NG도 없었는데 같은 장면을 무한 반복해서 찍고 있다.

체력적으로 힘에 부칠 장면임에도 불평 하나 없이 그걸 해낸다.

그때, 복도에 있던 연출 모니터를 넘어 병실에서 귀를 찢는 듯한 비명 소리가 들려왔다.

“끄아아아아아아악!”

손을 깨물린 괴한이 일갈을 내지르며, 냅다 목격자의 머리를 걷어찼다.

빠각!

“컥.”

박 터지는 소리와 함께, 목격자가 바닥을 굴렀지만.

삐이이이!

별안간 터져 나오는 경보음.

머리를 차이기 직전, 응급 버튼을 누른 목격자의 손끝에서 나오는 소리였다.

"씨발!"

당황한 괴한은 모자를 푹 눌러쓰고 바닥에 떨어진 마스크를 주워들더니 냅다 병실 문으로 뛰기 시작했다.

카메라가 다시 왼쪽으로 무빙하며, 달리를 타고 그대로 한 바퀴 회전한다.

"출발, 출발!"

이경우 연출의 사인에 맞춰 쓰러진 목격자를 카메라에 담는 거칠게 열리는 문. 그리고 곧바로 들이닥치는 간호사.

"선생님, 선생님!"

"헉, 헉……."

숨을 헐떡였다.

발에 차인 머리를 부여잡고 속으로 욕지기를 내뱉었다.

미친 새끼. 저, 개새끼!

하지만 윤곽만 잡힐 뿐, 누군지 당최 감이 잡히질 않는다.

간호사가 나를 흔들어 깨우지만, 나는 반쯤 정신을 잃은 상태로 천장만 노려보았다.

의식이 점점 흐릿해진다.

눈이 감기는 속도가 느려지고, 망막에 눈물이 맺힌다.

이런 내 얼굴을 향해 천장에서 가까워지는 지미집 카메라를 정확히 바라보며 말했다.

“……누나.”

가해자는 저놈들인데.

왜, 우리 같은 사람들만 피해자가 되어야 하나요?

묻고 싶다.

누나가 불쌍해 죽을 것 같고. 내 꼴이 너무 비참해서 울음을 멈출 수가 없다.

이마에서 피를 줄줄 쏟으면서도 나는 봇물 터지듯 나오는 눈물을 멈추지 못했다.

“흑, *끄윽*.”

간호사가 이런 나를 흔들어 깨우고, 어느새 누군가의 품에 안겨 침대로 옮겨졌지만. 멍하니 하늘만 바라보며 울었다.

“끅, *끄윽*……. 끅…….”

미안. 억울해도, 내가 할 수 있는 게 아무것도 없어.

나는 천천히 눈을 감았다.

이대로 죽어도 좋을 것 같을 만큼 평화롭다. 귓가를 스치는 간호사와 의사의 외침은 비행기 소음처럼 저 멀리 날아가 버린다.

"……오케이!"

감독의 오케이 사인에 내가 눈을 껌뻑였다.

끔뻑끔뻑.

"아."

끝났구나.

"윽."

내가 힘겹게 상체를 일으키자, 쏜살같이 달려온 이경우 연출이 내게 물었다.

"괘, 괜찮으십니까?"

"네."

"여기! 도 배우님 마실 물 좀 가져다 드려요! 물!"

연출부 한 명이 생수를 들고 헐레벌떡 달려왔다.

나는 물을 받아들고 한 모금 머금었다.

시원하다.

"크. 고마워요."

마신 생수를 건넸는데, 연출부가 말했다.

"저, 정말……. 최고였습니다."

"……."

응?

사람들의 눈빛이 180도 변했다는 것이 느껴진다.

'시건방진 신인'이라는 임강백이 심은 편견에 대한 반전.

스텝들의 시선은 존경으로 물들어 있었고, 배우들의 시선은 더욱 명확했다.

'쟤, 대체 뭐 하는 놈이야?'

입을 쩍 벌리는 놈도 있었고, 자기들끼리 수군거리며 내 쪽을 힐끔거리기 시작했다.

이경우 연출이 말을 더듬으며 말했다.

"아, 압도적이었습니다. 너, 너무 압도적인 집중력이라……."

임강백은 이 상황이 마음에 들지 않는지, 인상을 찌푸리며 나를 노려보았고 나는 그런 임강백을 마주 보았다.

'그래, 또 할까?'

이경우 연출이 흥분한 듯 말했다.

"이건 오케이, 오케이입니다! 강백 선배님. 이거, 지금 너무 좋습니다."

"……."

임강백이 이마에 맺힌 땀방울을 닦아내며 한마디 거들려고 하자, 내가 먼저 말했다.

"아, 선배님 마음에 안 드시면 다시 하셔도 좋습니다."

"……."

"다시 찍으면, 조금 더 좋아질지도 모르지요."

그 뒷말은 눈으로 말했다.

'딱히, 그럴 것 같지도 않지만.'

임강백은 이 서브 텍스트를 완벽히 이해했고.

무덤덤한 얼굴에 비수를 숨긴 채 말했다.

"다음 신 가시죠."

그리고 매니저를 대동하고 아예 사라져 버렸다.

"후."

나는 쓰러지듯 침상에 드러누웠다.

지친다.

그런데, 이제 1라운드가 끝났을 뿐이다.

11월 초입에 다다른 이른 아침.

데뷔한 지 어느새 1년을 꼭 채웠다는 흥분감.

또, 투견대회 같은 살벌한 현장을 겪어야 한다는 불안함이
절묘하게 뒤섞인 상태로 대전에 도착했다.

"법정 세트 가까운 거 많은데, 왜 하필 대전이야? 콜 타임도
일곱 시면서."

경찰서, 법정, 병원 등.

서울 인근 경기도에는 크고 작은 세트장이 지천에 깔려 있다.
재익이 형은 이른 콜 타임에 왜 대전까지 불러내는지에 대해 가
볍게 투덜거렸는데, 그 이유는 도착하자마자 알 수 있었다.

“……크다.”

“크네요.”

아무래도 ‘법정’이 메인 배경이다 보니, 세트에 힘을 쏟을 수밖에 없을 터.

원활한 촬영을 위해 가배(배경, 뒷벽)도 미닫이로 여닫을 수 있도록 제작되었고, 일반적인 법정 세트보다 규모도 더 컸다.

“이유가 있었네.”

“큭큭, 그러게요. 무안하게.”

촬영 준비로 분주한 현장을 이리저리 둘러보고 있자, 연출이 내게 다가왔다.

“도 배우님 오셨습니까?”

“아, 감독님.”

이경우 연출.

요 며칠 못 본 사이 얼굴이 더욱 핼쑥해져 보이는 그는, 입은 웃고 있었지만 얼굴은 도무지 정상적인 컨디션으로 보이지는 않았다.

“먼 길 오시느라 고생하셨습니다.”

“아닙니다. 많이 피곤해 보이시는데, 괜찮으십니까?”

“…….”

내 질문에는 희미한 미소만 지어보였다.

아마, 임강백 때문인 것 같다.

"준비 끝나는 대로 말씀드리겠습니다."

"네."

연출부 한 명의 안내에 따라, 나는 분장실로 들어섰다.

문을 열자마자 뜨끈한 히터 공기와 사람들의 대화 소리가 귀에 꽂힌다.

"아니, 그렇다니까. 그날 그랬다고. NG 내서 망신 줘야 한다고."

"확실히 강백 씨가 그런 경향이 있지?"

좁은 분장실에는 11월의 추위를 피해 가득 모인 배우들로 왁자한 상태였다.

조·단역의 판사, 서기관, 수사계장 역을 맡은 배우들.

모두 첫날부터 내게 고까운 시선을 던지던 배우들이다.

"……"

이들은 나의 등장과 동시에 얼어붙은 듯 입을 다물었다.

그러고는 제각기 휴대폰을 만지작거리거나 물을 마시는 등 딴청을 피우기 시작했다.

뭐야…… 이 분위기는.

나는 그냥 차에서 기다릴까 하다가, 갑자기 뒤로 빠지는 것도 우스워 보여 일단 안으로 들어섰다.

분장팀 한 명이 말했다.

"조금만 앉아계시겠어요? 바로 해드릴게요."

“아, 네.”

내가 자리에 앉을 동안, 전개되던 이야기는 재개될 기미를 보이지 않는다.

마치, 뒷얘기를 하다 당사자에게 딱 걸린 것 같은 상황.

나는 대수롭지 않게 시선을 앞으로 고정시켰다.

실컷 떠들라지.

뜨끈한 히터 공기에 눈을 잠시 감았는데, 인기척에 눈을 떴다.

“아, 죄송해요. 주무셨어요?”

“……”

내 지척까지 다가온 남자.

누군가 했더니, 첫 촬영 때 처음 마주친 나를 향해 말을 놓네, 마네 신경전을 벌이려고 하던 배우다.

이름이 뭐라고 하더라.

모르겠다. 여하튼, 임강백의 심복이자 검찰 측 수사계장 역을 맡은 배우다.

“왜 그러시죠?”

대답이 조금 쌀쌀맞게 튀어나왔다. 첫인상이 좋지 못했으니 그럴 수밖에.

수사계장 역을 맡은 배우도 별다른 내색은 하지 않고 내 옆에 슬쩍 궁둥이를 붙이고 앉았다.

"그게…… 드릴 말씀이 있습니다."

뭘까? 또 시비를 걸려는 거면, 닥치고 그냥 가줬으면 좋겠는데.

"저번 일은 죄송했습니다."

"……."

하지만, 아니었다.

"잘 알지도 못하는데 함부로 수군거렸던 것 말입니다."

의외의 사과가 예상하지 못한 곳에서 튀어나왔다.

'병원' 촬영이 끝난 뒤, 배우들이 나를 향했던 시선에 어딘가 달라진 구석이 있다는 것은 느꼈다. 하지만 딱, 그뿐. 그 이후에 내게 말을 걸거나 하지는 않았다.

그런데 갑자기 왜 이럴까?

"잠시 나가서 얘기를 좀……."

듣는 사람이 많으니 잠시 나가서 얘기해도 좋겠냐는 수사계장의 말에 나는 자리에서 일어났다. 세트장 뒤편의 흡연장에서 나눈 대화에서 수사계장의 진심을 알 수 있었다.

"사실 강백 선배가 연기력으로 주목받은 배우는 아니지 않습니까."

얼굴로 성공한 대표적인 배우지.

청춘영화, 만화책을 찢고 나온 꽃미남. 연기는 조금 부족하지만 여전히 20대 후반 정도로 보이는 그의 외모는 매력적이다.

"저희가 보기에는 이 정도 연기면 충분한데, 더 나올 것도 없어 보이고 감독님도 오케이 했는데 강백 선배가 계속 히스테리를 부렸어요. 다시 찍자고, 이걸로는 부족하다고."

"그래서요?"

"다시 찍었죠. 그런데도, 결과는 매한가지였어요. 그림만 바뀌었을 뿐 알맹이는 그대로였죠."

"……."

"원래 연기에 집착하는 선배는 아니었는데……. 왜 이렇게 변했는지 궁금했습니다. 그런데, 그 이유가 재희 씨 때문이라는 얘기를 듣게 되었죠. 더 궁금해지더라고요. 어떤 배우길래 이렇게 견제하고 앞길을 막으려는 것일까? NG를 강요하고, 후배들에게 기 좀 죽여놓으라고 시키는 것일까."

"……."

치고 올라오는 후배의 앞길을 막으려는 놈들은 어디에나 있다. 하물며, 자기와 이미지가 흡사한데 연기력 논란조차 없는 신인이라면?

모르긴 몰라도 '가치'로 평가되는 연예계가 이런 더러운 구석으로는 손에 꼽을 것이다.

임강백의 연기 패턴은 15년의 연기 생활 동안 이미 굳어졌고, 고착화되었을 것이다. 그 이유는 어쩌면 훈련을 통해 위로 올라가기보다는, 올라오는 후배를 밟고 쉽게 가려는 그 본성에 있을지도 모르지.

"그리고 첫날 연기를 본 순간 바로 이해했죠. 아, 이게 다 강백 선배의 '열등감' 때문에 나타난 일이구나. 재희 씨에게 잘못은 없구나."

열등감. 이 치졸한 감정은, 이렇게 사람을 벼랑 끝으로 내몰기도 한다.

"이렇게 말했지만, 저희는 또 강백 선배 눈치 보느라 재희 씨에게 살갑게 대하지 못할 겁니다. 그래도 꼭 말씀드리고 싶었습니다. 죄송합니다."

"아닙니다. 저도 무례하게 굴어서 죄송합니다."

수사계장은 내 사과에 피식, 웃으며 담배를 입에 물었다.

"그래도 저는 강백 선배와 함께했던 세월이 길어서인지……
귀엽게 느껴지기도 합니다. 본인 영향력을 이용해서 앞길을 막으려는 것이 아니라, 연기로 누르겠다는 발상 그 자체가요. 유치한 어린아이 같지 않나요?"

나는 잘 모르겠는걸.

"재희 씨 덕분이죠. 귀찮긴 하지만, 선배가 연기에 대해서 이렇게 진지하게 고민하는 모습은…… 처음 보거든요."

그래. 나도 천성이 못돼먹은 인간이 아니라는 점은 잘 알았다. 나름대로 자존심에 상처를 입었고 심기일전하는 마음을 먹고, 당당하게 정면승부를 걸어왔으니까.

하지만 아무리 좋게 포장하려고 해도 감독과 조연들을 이용해서 후배 기죽이는 건 너무 유치하잖아.

또한, 이걸 어째.

"그래도 역시, 좋게 보이지는 않네요."

나도 유치한 인간이거든.

싸움은 확실하게 끝맺어야 한다.

"양심에 따라 숨김과 보탬이 없이 사실 그대로 말하고 만일 거짓이 있으면 위증의 벌을 받기로 맹세합니다."

슛 사인이 돌면, 조건 반사적으로 대사가 떠오른다.

일종의 파블로프의 개.

머릿속을 지배하는 대사들이, 배우 도재희의 입을 거쳐 새롭게 터져 나온다.

"제가 봤습니다. 모두 다 봤습니다. 저 자식이 누나에게 파렴치한 짓을 저지르고 달아나는 것을, 똑똑히 보았습니다."

변호사가 물었다.

"그걸 누가 증명해 줍니까?"

"……."

"증인! 단순히 호소한다고 해결될 일이 아니에요. CCTV, 시간, 지문. 오히려 사건 초기 단계에서는 검찰 측에 가장 유력한 용의자로 지목되었지 않습니까."

검사와 변호사가 모두 한편. 검사에게 요청하여 올라온 증언대에서 오히려 뭇매만 얻어맞는다.

"하, 하지만……."

내 시선이 옆으로 돌아갔다.

피고인석에 앉아 있는 재벌 삼남의 안하무인 태도에 눈이 돌아가 버릴 지경. 방청객들조차, 내 진심을 의심하고 있는 이 상황에서 내가 어떤 말을 해야 할까.

눈물이 핑글핑글 돈다.

"제 누나라고요…… 누나. 제가 어떻게 누나에게 그런……."

그러자, 변호사가 비열한 웃음을 지으며 말했다.

"요즘 세상이 워낙 험하지 않습니까. 부모도 죽이는 세상인데요. 아, 물론 증인을 두고 하는 얘기는 아닙니다."

그리고 흘리는 조소. 갈 곳 잃은 시선을 땅으로 떨구며, 고개를 돌려 재판 검사를 바라보았다.

임강백. 그는 어쩔 줄 몰라 하는 얼굴이었다. 마치, 자포자기라도 한 듯, 이 재판에서 패(敗)했다고 만천하에 말하고 있다.

"……나쁜 새끼."

일부러, 일부러 그랬으면서, 애초에 제대로 알아보지도 않았으면서.

나는 별안간 소리 질렀다.

"검사! 저 검사가 모든 것을 은폐했습니다!"

그러자 좌중의 시선이 내게 집중된다.

뜨악한 얼굴, 기겁하는 얼굴. 하지만 이러한 '진실'을 제대로 직시하는 사람은 그 누구도 없다.

모두가 외면하며 말하고 있다.

'저 새끼, 대체 무슨 개소리를 하는 거야. 검사가 왜?'

나는 재판정이 떠나갈 듯 소리쳤다.

"제가 압니다, 다 알아요! 검사 이동휘, 저자가 뒷돈을 받고 모든 증거를 지웠다는 사실을!"

"조용히 하세요!"

"증인, 그 말에 책임질 수 있습니까!"

"책임집니다. 지겠습니다. 도와주십시오!"

하지만 그 누구도 내게 주목하지 않는다.

그때, 임강백이 별안간 앞으로 나서며 말했다.

"증인. 정말 제가 그랬습니까?"

"……."

빙글빙글, 입술이 씰룩거리며 아무것도 모른다는 뻔뻔한 얼굴. 머리가 세모난 뱀의 대가리를 보는 것 같은 불쾌함.

"정말 제가 증거를 은폐했습니까?"

온갖 역겨움이 발끝에서부터 치밀어 올라 목 끝까지 차올랐다. 나는 터져 나오는 울분을 주체하지 못하고 터뜨렸다.

"크흡! 입 닥쳐."

그러자 검사는 황당하다는 듯 양팔을 들어 올리며 크게 제
스처를 취했다.

그러자 변호사가 말했다.

"증인의 현재 심리적 상태가 의심스럽군요."

"……."

검사는 이 상황이 매우 당황스럽다는 듯 손바닥으로 입을
가린 채 서 있었지만.

눈은 웃고 있었다.

비단 이경우 연출뿐만 아니라, 〈삭제〉에 '임강백'을 추천했
던 제작사, 동료 배우들, 스텝들 모두가 이미 결과는 정해져 있
었다고 생각했다.

'병원' 신을 촬영할 때부터 판세는 기울어 있었다.

명배우의 명언 중, 유명한 말이 있다.

'예쁘고 매력적으로 보이려고 애쓰지 마라.'

캐릭터와 관계없이 대사를 '멋지고 예쁘게' 말하려는 배우만
큼 촌티 나는 것도 없다. 당장 몇 장면은 '아, 멋있다.' 감탄할지
몰라도 2시간의 러닝타임 내내 이를 유지하는 것은 불가능하다.

임강백의 연기가 그랬다. 그는 커리어와 인지도로 캐스팅된

것이지, 어쭙잖은 연기파 배우 흉내나 내라고 주연으로 캐스팅
된 것이 아니었다.

"달라."

이경우 연출이 모니터를 보며 중얼거렸다.

"도 배우는 뭔가 달라요."

대사의 단맛 쓴맛을 제대로 표현하는 배우는 흔치 않다.

더군다나, 이제 내년이면 서른이 되는 젊은 남자 배우가.

당장 외모 하나로 사람들을 홀리는 것이 아니라. 자신을 바
라보는 관객의 마음을 울리는 연기.

"강백 오빠도 참, 저걸 이기려고 들어요? 재희 씨 숨소리 들
어봐요."

모두의 시선이 모니터로 향했다.

-내, 내, 내가 알아. 우리 누나는 절대 그런 여자가 아니야!
아니라고! 당신이 뭘 안다고 함부로 떠들어!

"……이걸 어떻게 말해야 할지. 그냥, 괴물이잖아요? 국내
정상급인데."

호흡, 액션, 대사 그 어느 것 하나 진실 되지 않은 것이 없
었다.

"그러네……. 저 정도일 줄은 몰랐네."

이를 바라보는 임강백의 매니저도 얼굴이 화끈거릴 지경이었다. 공개처형이나 다름없지 않은가.

"하, 형도 진짜."

그냥 가만히 있었다면 임강백이 임강백에 어울리는 영화를 찍었다며 넘어갈 수 있는 문제다. 그런데 붙어보겠다고 연기 괴물을 앞에 데려다 놓으니 비교를 안 당하려야 안 당할 수가 없다.

오히려 〈피서〉의 '망고' 역할은 캐릭터가 가벼워서 연기력이 크게 부각 되지 않았다면 이번에는 워낙 진중한 캐릭터라 격정으로 치닫는 감정 신이 많아 굉장히 돋보인다. 이 정도면 그냥 도재희에게 밟고 올라가라고 상체를 엎드려 준 수준이 아닌가.

촬영장에는 눈에 하트가 쏟아져 나오는 사람이 한 둘이 아니었다. 그리고 그중에는 은밀한 '제안'을 하는 사람도 적지 않았다.

"아직 촬영 초반이니까 시나리오를 조금 뜯어고쳐서, 도 배우 비중을 늘리는 게 어때? 계약도 다시 하고."

"그건 안 돼요."

"왜?"

"아우, 강백 씨가 알기라도 하면 어쩌시려고, 아니, 그것보다. 재희 씨 차기작 이미 내정되었잖아요."

“차기작, 무슨 차기작? 그런 기사 안 떴던데?”

“몰랐어요? 임창태 감독 은퇴작. 거기 주연으로 들어간다잖아요.”

확실한 것은 대중들에게야 ‘꽃배우 임강백’이지만 현장에 있는 관계자들의 입소문으로는 ‘언제 적 임강백?’이 되어버렸다는 것이다.

“임창태 감독님 은퇴작 주연이 저런 배우라니. 임 감독님 말년에 노 나셨네, 노 나셨어.”

흐름은 급물살을 타고 빠르게 움직이고 있었다.

5장

나는 당신과 달라요

[부산국제영화제 대상! 〈양치기 청년〉, 선댄스 영화제 월드시네마 부문 경쟁 출품!]

[〈양치기 청년〉, 로테르담 영화제 공식 초청작으로 선정!]

박진우 연출의 행보는 끝없이 이어졌다. 이 외에도, 오히려 해외 여러 영화제에서 〈양치기 청년〉을 공식 초청 하고 싶다고 러브 콜을 보내기도 한다니, 더욱 잘될 전망이다.

아, 그리고 하나 더. 이건, 조금 개인적인 일인데.

"조금씩, 해보려고."

"연극을?"

"응. 이번에 너 따라서 영화 찍으면서 느꼈거든. 아, 연기. 이대로 놓치고 살면 후회하겠구나."

문성이 형은 〈양치기 청년〉 이후에, 가게에 매니저를 따로 뽑았다. 그리고 대학로에서 연극을 통해 연기 인생을 새롭게 시작했다.

"형이 하고 싶으면 하는 거지 뭐."

당장 엄청난 성공을 기대하는 것은 아니지만 난 이 꿈을 지지해 줄 요량이다.

국내영화제와 〈삭제〉의 특별출연 촬영 일정이 모두 끝나고, 일주일의 휴가를 받았다.

돈도 벌었겠다, 여행도 다니고 술도 마시고 펑펑 쓰고 여자도 만나고 놀 수 있다면 얼마나 좋겠냐만 내게는 아직 그럴 마음의 여유가 없었다.

내 삶은 가시방석 위에 앉아 있는 것과 다름없다. 마음 편히 드러누워 방심하다 보면, 언젠가 반드시 찔리게 될 가시.

그래서 어디 나가지 않고, 마음 편히 '혼자' 일주일을 보내기로 했다.

내가 휴가 동안 첫 번째로 한 일은, '이사'였다.

"지금 들어가는 영화, 어차피 지방 출장 많다면서 이사를 왜 해? 월세 아깝게?"

"월세 아니고, 전세예요."

어머니는 괜찮으니 집에서 지내라고 극구 만류하셨지만 내 마음이 불편해서 독립해야 할 것 같다.

촬영이 있는 새벽이면 매일 같이 나와 함께 눈을 뜨셔서는 주먹밥이며, 콩나물국이며 스프를 끓이시는 것이 신경 쓰였기 때문이다.

"집은 어디에 구하려고?"

"알아봐 둔 곳이 있어요."

"어디?"

"방배동이요"

값비싼 역세권을 피해, 방배동의 외곽에서도 조금 먼 남부순환도로 인근의 오피스텔 투 룸을 찾았다.

전세금만 3억 5천만 원. 무시무시한 돈이지만, 그동안 벌어들인 돈으로 해결할 수 있었다.

"그래도 가깝네? 다행이다."

집이 있는 사당동 바로 옆 동네니 어머니도 마음 편하고, 나 역시 강남을 벗어나지 않아서 좋고.

여러모로 좋다.

이사한 새집에서 혼자 휴가를 보낼 때 가장 좋은 점은 잠을 편히 잘 수 있다는 것이었다.

혼자 피자와 맥주를 마시고, TV 다시보기로 그동안 밀렸던 영화와 드라마를 몰아보고, 그러다 피곤하면 가판대 위의 자반고등어처럼 소파에 늘어져 잤다. 나는 일주일 동안 겨울잠을 몰아 자는 곰같이 시체처럼 휴식을 취했다.

역시, 하루에 한 끼를 먹든 두 끼를 먹든, 나를 깨울 사람이 없어서 편하다.

혼자 살면 이게 좋다니까.

휴가가 끝나고, 오랜만의 스케줄이 잡힌 늦은 아침.

느긋하게 일어나 샤워를 마치고 옷을 챙겨입었다.

오늘은, 일전에 부산국제영화제에서 만났던 임학두 위원장과 임창태 감독 그리고 그를 보좌하는 40대 조연출과의 미팅이 있다.

휴가 기간 동안 재익이 형이 먼저 발 빠르게 영화사와 접촉하여 세부적인 계약 조건의 논의를 마쳤다. 그리고 오늘은 얼굴을 보고 간단하게 영화 이야기도 하고, 인사를 나누는 자리다.

오늘을 위해 임창태 감독의 데뷔작과 최근작, 가장 높은 흥행 스코어를 기록한 작품들을 챙겨봤다.

내 생각에 임창태 감독님은 아름다운 영상을 지루하지 않게 찍는 감독이다. 그의 영화는 시청각을 자극해 도파민을 분비시키는 스펙터클한 장면은 없지만, 하고자 하는 메시지를 아름답게 인물의 감정 중심으로 무겁게 훅훅 찔러 온다.

잘 빠진 재규어가 아니라, 고고한 학을 보는 느낌이다.

준비를 마치고 소파에 앉았는데, 마침 재익이 형에게 전화가 걸려왔다.

-나, 여기 건물 지하주차장 도착했거든?

"아, 내려갈게요."

엘리베이터를 타고 지하주차장으로 내려갔다. 평일 늦은 오전이라 차량을 찾는 것은 어렵지 않았다.

재익이 형은 깔끔한 주차장을 보며 만족스럽다는 듯 고개를 끄덕였다.

"이사한 곳, 건물 깔끔하니 좋네."

"그렇죠? 새로 지었대요."

"몇 층인데?"

"8층이요."

"좋은데? 회사에다 얘기해서 휴지라도 보내야겠다. 아니지, 찬익이 형이랑 영미 씨랑 같이 집들이 안 해?"

그러고는 고개를 뒤로 돌리며 내게 물었다.

"근데, 이런 데는 얼마나 하냐?"

내가 손가락 세 개를 펼치자, 재익이 형은.

“히익.”

입을 쩍 벌리고 헛바람을 들이마시더니 말없이 차를 출발시켰다.

“나는 언제 그렇게 벌어보냐? 나도 회사나 차릴까? 그럼 너도 나 따라올래?”

“계약금 얼마 주실 건데요?”

“내가 줄 돈이 어딨냐? 네가 벌어다 주면, 그걸로 굴려야지. 큭큭.”

차는 미끄러지듯 지하를 빠져나와 도로에 들어섰다.

재익이 형은 한 손으로 운전대를 두드리며 말했다.

“감독님 뵙기 전에, 궁금한 점 있으면 물어봐.”

“음, 감독님은 어때요?”

감독님의 성향은 중요하다. 누구와 작품을 함께하는지가 얼마나 중요한지는, 이미 여러 작품을 통해 겪어왔다.

재익이 형이 말했다.

“임 감독님? 사람 너무 좋으시던데. 보기만 해도 미소가 그려지는 인품이라고 해야 하나? 말씀마다 계속 웃으시고, 아무튼 좋아.”

“다행이네요.”

“그럼, 다행이지. 아, 소식 하나가 또 있다.”

“뭔데요?”

“영화배우 유경성 알지?”

유경성?

“그······ 한, 십 년 전에 유명했던 배우요?”

“응.”

조승희가 30대 배우 중 몸값이 가장 비싼 최고 정상급 스타라면, 유경성 선생님은 50대 이상 남자 배우들의 자존심이나 다름없다.

아니, 자존심이나 다름 없었다.

내가 중, 고등학교를 다니던 시기만 하더라도, 영화관에 걸린 포스터 중에 ‘유경성’의 이름이 적혀 있지 않은 것을 찾기 힘들 만큼 다작하며 잘나가던 시절이 있었다. 하지만 한창 잘나가던 그 무렵 무리한 개런티 요구로 드라마 노조에서 아웃당한 뒤 자취를 감추었다.

그렇게 몇 년을 연예계에서 보이지 않더니 3년 전쯤, 슬그머니 스크린을 통해 복귀했다.

하지만 복귀 후에는 이렇다 할 히트작은 없는 상태.

“지금 유경성이 옛날 유경성이 아니라고는 하지만 그 괴물 같은 연기력이 어디 가겠냐?”

불미스러운 일로 모습을 감추고 지금은 날개가 꺾여 주춤하고는 있지만, 아버지 세대에는 연기파 국민 배우로 이름을 떨쳤던 배우다.

"그렇죠. 근데 그분이 왜요?"

"유경성 선배님이 '영조'로 캐스팅되셨거든."

"네?"

영화 〈사도세자〉(가제)의 왕, 영조.

내 아버지 역할이다.

이거, 의외의 영입인데.

A와 B는 전혀 다른 알파벳이지만 알파벳이라는 공통분모만
으로도 누군가에겐 두 글자가 똑같이 느껴지기도 한다.

강남의 어느 한정식 룸에서 가진 미팅.

"신인배우 도재희라고 합니다. 반갑습니다."

"응, 신인이라니? 이제 신인 타이틀은 떼도 될 것 같은데, 아
닌가요?"

임학두 위원장의 너스레에 내가 어색하게 미소 지었다.

"하하, 아직 멀었습니다."

"반갑습니다. 조연출 김을용입니다."

임창태 사단을 이끄는 실질적인 중심이라는, 마흔이 넘은
조연출과도 악수를 했다. 까만 피부에 따스함이 느껴지는 눈

빛. 오랫동안 현장에서 뛴 프로의 냄새가 나는 분이었다.

"잘 부탁드립니다."

임창태 감독님 역시, 비슷한 분위기를 풍겼다.

눈가의 주름이 자글자글했지만, 그 속에 연륜과 지혜가 엿보였다. 따뜻한 미소 뒤에 어떤 인품과 실력이 숨어 있을지 짐작도 가질 않는 영화계의 살아 있는 전설.

"반가워요."

감독님은 짧은 순간에 내 전신을 주욱 훑더니.

"체격이 생각보다 더 좋네?"

라고 허허, 웃으며 말씀하셨다.

자리에 앉자마자 임창태 감독님은 〈양치기 청년〉에 대한 이야기를 꺼내셨다.

"내 그 영화를 보고, 재희 배우에게 반했던 점이 뭔지 압니까?"

"잘 모르겠습니다."

"장난스러운 얼굴 뒤에 숨어 있는 반전 있는 눈이 마음에 들었어요."

"……아, 감사합니다."

"내 영화에서도 그 모습을 보고 싶네요."

그러자 임학두 위원장이 보태며 말씀하셨다.

"임 감독님이 '양치기 청년'을 보시고는, 하루 종일 도 배우님 얘기만 하셨습니다. 배우님 눈이 좋다고, 좋은 눈을 가졌다고.

꼭 같이하고 싶다고."

"감사합니다."

"이렇게 직접 얼굴을 보니까, 더욱 신뢰가 갑니다. 껄껄!"

감독과 배우가 처음 만나는 식사자리. 영화를 설득하고 결정하고 페이를 협상하는 자리가 아니라, 모든 것이 결정되고 만나는 인사 자리에서 오갈 이야기가 뭐 많겠는가.

"열심히 하겠습니다."

칭찬과 격려, 다짐과 감사가 전부다.

따스하지만, 어딘가 새로울 것 없는 '일상적인' 자리에 그 일상을 비트는 사람이 한 명 나타났다.

"아, 늦어서 죄송합니다."

뒤늦게 문을 열고 들어온 남자, '특별 손님'이 있었다.

조금 전, 차에서 재익이 형과 얘기를 나눴던 '유경성' 선배님이었다.

"……어라?"

예정 없던, 원로 배우의 방문에 재익이 형도 화들짝 놀라며 자리에서 일어났다. 나도 자리에서 일어나 고개를 숙였다.

"아, 안녕하십니까. 도재희라고 합니다."

"……."

초췌해 보이는 얼굴에서 섬뜩한 안광을 뿜어내며 약간 구부정한 상태로 들어선, 백발이 성성한 중년배우. 유경성 선배

는 그런 나를 힐끔 쳐다보고는, 대놓고 무시하며 임창태 감독
님과 인사를 나누었다.

"선생님, 이거 얼마 만에 뵙는지 모르겠습니다."

"어이! 껄껄. 우리 경성이!"

"건강은 좀 어떠십니까?"

감독님이라 부르지 않고, 선생님이라고 부른다.

감독님은 실명을 부르며 편하게 대한다.

나는 그 자리에 가만히 멈춰 서서 이들의 관계를 곰곰이 따
져보았다.

'대체 둘은 무슨 관계지? 또 유경성 선배의 얼굴이 왜 낯설
지 않을까?'

그때, 임학두 위원장이 옆에서 말했다.

"영조역으로 캐스팅된 얘기는 들으셨지요? 도 배우님과 인
사하는 자리라고 감독님이 특별히 부르셨습니다. 두 분, 감독
님 데뷔작부터 함께한 오랜 관계거든요."

데뷔작?

그제야 나는 이 둘의 관계를 떠올릴 수 있었다.

아…….

내가 휴가 동안 보았던 임강태 감독의 입봉작.

〈봄에 마실 물〉을 통해, 유경성이 주연으로 데뷔했다.

지금의 모습에서는 영화 속 젊은 유경성의 얼굴이 쉽게 연

상이 되지 않았지만 둘은 이미 30년이 넘은 친밀한 관계라고 할 수 있다.

"이쪽은?"

유경성 선배가 그제야 나를 의식하며 손짓했다.

그의 눈은 나를 향해, '너는 누구냐?'라고 묻고 있었다.

"신인배우 도재희입니다."

다시 인사했지만, 역시 유경성 선배는 들은 척도 하지 않았다. 시선은 오직 임창태 감독님 쪽으로만 두고 있었다.

그러자 임창태 감독님이 말씀하셨다.

"누구긴 누구야? 30년 전의 네놈이지. 끌끌끌!"

내가, 30년 전의 유경성?

"아아."

그러자 유경성 선배도 알아들었다는 듯 나를 위아래로 훑기 시작했다.

"경성이 자네하고 느낌이 비슷해. 남다른 눈빛이 똑 닮았어."

"아……."

"그리고 또 닮은 점이 있어. 뭔지 알아? 연기력이야. 연기를 아주 곧 잘한다고. 껄껄!"

그런 유경성이 나를 지긋이 바라보았다.

"……."

그리고 내 눈앞에 얼굴을 들이밀더니, 눈을 가늘게 뜨며 중얼거렸다.

"크게 되겠네."

"……예?"

"연기 욕심은 부려도, 돈 욕심만 부리지 말어."

그리고 호탕하게 웃어버렸다.

"끌끌끌! 감독님, 식사하시죠."

"……."

뭐야, 이 사람? 뜬금없이 욕심을 부리지 말라니.

하지만 왠지 모르게 저 섬뜩한 눈빛과 말투가 기분 나쁘게 들리지 않는다. 뭐랄까, 그의 말에서 일종의 짙은 '후회'를 느꼈기 때문이다.

유경성이 말했다.

"그럼, 인사나 나눌까요."

1988년에 영화 〈봄에 마실 물〉로 데뷔하여 1990년대와 2000년대를 대표하는 영화배우로 명성을 떨쳤지만, 무리한 개런티 요구로 방송사에서 팽 당하고 잠적. 그리고 3년 전부터 스크린을 통해 조금씩 복귀를 알리던 배우 유경성.

임창태 감독님은 유경성과 내가 닮은 점이 있다고 했다.

"재희 씨 보면, 딱 옛날 경성이 생각이 난다니까. 느낌 비슷하지 않아?"

‘눈’과 ‘연기력’.

오랜만에 만난 제자이자, 30년 만에 다시 영화에서 재회하게 된 거장과 명배우의 술자리.

유경성의 등장으로 조금은 지루했던 대화 분위기가 유쾌해졌다.

“아, 글쎄! 이놈이 방송국 놈들이랑 그 사달이 나기 전까지는 대한민국에서 따라올 사람이 없었다니까? 지금 난다 긴다 하는 배우들, 그때는 전부 경성이 밑에 있었지.”

임창태 감독은 이 자리가 신이 난다는 듯 말했다.

“경성이 이놈이 완전 싸움닭이었어. 껄껄! 이놈이 다른 건 몰라도 연기 하나는 잘하잖아? 그러니까 주변에서 뭔 놈의 시기 질투가 그렇게 많은지. 하루가 멀다고 루머가 돌았지. 그래서 이놈이 전부 연기로 때려죽였잖아. 그러니까 자기들이 어쩔 거야? 입 다물고 기어야지. 끌끌끌! 그냥 유경성 세상이었다고!”

“어이고, 선생님. 그런 말씀 마십시오. 저도 한때는 그런 줄 알았는데, 그러다 어느 날 보니까 지나가는 돌에 맞아 죽어 있었습니다.”

“껄껄! 그러게, 돈 욕심은 적당히 부렸어야지 이 사람아. 으하하!”

유경성이 쓸쓸하게 웃으며 말했다.

"그러게 말입니다. 제 오만이었죠. 세상 주인은 따로 있었는데, 제가 주인인 줄 착각했나 봅니다."

'나만큼 하는 배우 없잖아?'라는 기고만장함으로 살았다는 유경성의 말년은 좋지 않았다.

어쩐지 대화의 내용이 낯설지 않았던 나는, 흥미로운 기색을 숨기고 잠자코 듣고만 있었다.

술잔이 열 번가량 오가고, 대낮부터 모두가 얼큰하게 취했을 무렵. 유경성이 나를 보며, 내게만 건배를 제의했다.

"이름이 뭐라고 했지?"

"아, 도재희라고 합니다."

"어. 미안, 미안해요. 요즘 TV를 영 안 봐서. 한잔하자고."

짠.

잔을 비워낸 유경성이 슬쩍 미소를 지으며 내게 말했다.

"주연은 처음이라고 했나?"

"상업극장에 걸리는 것은 처음입니다."

"임창태 감독님이 먼저 러브 콜 했다고?"

"네."

알 수 없는 미소와 함께 연거푸 한 잔을 더 입에 털어내고는 말했다.

"나랑…… 똑같네."

유경성의 눈이 조금 게슴츠레하게 변한다.

“임창태 감독님이 선택한 신인배우라……. 임 감독님 참, 좋으신 분이야. 능력 있는 분이고.”

“네. 그러신 것 같습니다.”

“사람 좋고, 명석하시고, 해박하시고. 연기를 보는 눈이 정확하신 분이지. 그런데 저분이 가장 잘하시는 게 뭔지 알아?”

“잘 모르겠습니다.”

“관찰, 사람을 보는 눈! 그게 탁월하셔. 그러니까 그런 걸출한 영화들을 찍으시지.”

“아, 네.”

“그런데, 내가 잘하는 것도 그거거든. ‘관찰’. 사람 눈만 보면 그 사람을 대충 파악할 수 있지.”

“……”

갑자기 이런 이야기를 하는 이유가 뭘까.

나는 조금 전, 유경성이 나를 위아래로 훑던 시선을 떠올렸다.

내가 어떤 사람인지 알 것 같다는 말인가?

“감독님이 왜 나랑 자네가 느낌이 비슷하다고 하는 줄 알아?”

“모르겠습니다.”

“그 착한 얼굴로 욕심을 숨기려고 애쓰는 게 다 보여서 그래.”

“……”

뭐?

나는 잠시 입을 다물었다.

내 반응에 유경성이 왁자하게 웃음을 터뜨렸다.

"끌끌끌! 아, 너무 진지하게 받아들이지는 말라고. 나는 그냥 옛날 생각나게 하는 후배를 보니까, 먼저 간 선배로서 좋은 말을 해주고 싶을 뿐이니까."

"……아, 네."

"내가 그랬거든. 딱, 신인 때까지는 누가 뭐라고 해도 욕심을 무조건 숨겼지. 성질머리는 더러운데, 남들한테 착한 사람으로 보이고 싶은 콤플렉스 같은 거랄까."

이 남자, 지금 무슨 얘기를 하는 걸까.

"근데, 좀 크고 나니까 사람이 달라지더라고. 욕심을 숨길 필요가 없게 된 거야. 내가 세상의 주인이 된 줄 알았지. 내 맘대로 되는 줄 알았어. 그러다 깨졌지. 이건 조언이야. 한 발 먼저 뛰어가다 넘어진 선배의 조언."

유경성이 조금 진지하게 말했다.

"더러운 성질머리 드러내 봐야, 좋을 거 하나 없더라고."

"……."

배우에게 중요한 요소 중 하나는 사람을 관찰하는 능력이다. 유경성은 내게서, 과거의 자신을 보았다고 말하고 있다.

그래. 지금 유경성은 자기 과거를 주절거리면서 동시에 '내 이야기'를 하고 있다.

내가 일전에 〈숨 닿을 거리〉의 정이연 작가에게서 느꼈던 '나와 비슷한 사람'과의 동질감, 비슷한 부류의 사람들이 풍기는 어떠한 냄새. 뭐 그런 걸 말하는 건가?

부정하기도 긍정하기도 애매한 상황이라서 입을 열지 않았다.

그러자 유경성은 장난스럽게 웃어버렸다.

"끌끌, 아니면 말고. 흘려들으라고. 아이고, 술에 취했나……. 감독님, 저 화장실 좀 다녀오겠습니다."

유경성이 자리에서 일어나 밖으로 사라졌다.

"……."

그래. 인정한다. 바로 최근까지만 해도, 임강백과 자존심 싸움을 벌이며 성질머리를 드러내지 않았던가.

하지만, 유경성과 내가 결정적으로 다른 것이 있다.

나는 '연기'에 움직이는 사람이지, '돈'에 움직이는 사람은 아니다.

하지만 굳이 입 밖으로 뱉지는 않았다.

유경성의 말처럼, 흘려듣고 필요한 부분만 배우면 된다.

그래. 욕심 가득한 배우의 말년은 초라하구나. 그 욕심을 숨기는 법과, 싸움을 피해 가는 법을 배워야겠구나.

딱, 이 정도만.

오늘의 만남에서 주는 메시지는 제법 명확하게 정리된다.

똑바로 커라.

유경성은 화장실에서 손을 씻으며 거울을 바라보았다.

"……아이고."

옛날 스크린에서 날아다니던 자신의 모습과는 너무나 거리가 먼, 백발의 아저씨가 서 있었다.

'호랑이가 발톱이 다 빠져 버렸구나.'

이제는 이 모습에 적응할 법도 한데, 여전히 거울 앞에만 서면 옛날의 모습이 그리워진다.

이토록 뜨겁게 달아오르는 피부의 온도를 느끼고는 피식, 웃어버렸다.

"술에…… 취했나."

말은 이렇게 했지만, 이렇게 달아오르는 이유가 단순히 술 때문이 아니라는 것은 스스로가 잘 알고 있다.

'도재희라고 했던가.'

저도 모르게 흥분해서 떠들어 버렸다.

'주연 데뷔', '연기파 배우', '임강태의 남자'……. 몇 가지 공통분모를 통해 어딘지 모르게 자신의 옛날 모습을 보는 듯하여, 반가운 마음에 입방정을 떨긴 했지만, 자신이 간과한 부분이 있었다.

도재희의 욕심 가득한 모습은 '눈'이 말해주고 있었지만, 대화 도중, 도무지 감정 변화를 느낄 수 없었다.

포커페이스를 유지하며 끝끝내 감정을 숨기는 모습은, 자신과는 다른 느낌이다.

자신이 '돈과 권력'에 취해 호기롭게 뛰어든 불나방이었다면, 도재희는 날카로움을 촌스러움 속에 숨긴 비수 같다고 할까.

유경성 스스로도 알고 있었다. 이런저런, 조언들을 늘어놓긴 했지만 도재희는 자신보다 더욱 프로다. 그 속에 뭐가 숨어 있을지 모르지만, 겉으로 감정의 동요를 내비치지 않는 것만으로도 이미, 프로.

'돈'에 얽매이던 자신과는 다르다.

"……부럽네."

시작할 수 있는 젊음이 부러웠고, 타고난 재능도 부럽다. 하지만 가장 부러운 것은 따로 있음을 또 인정해야 했다.

'가능성이 무궁무진하다.'

좁쌀만큼 좁은 바닥에서 기고만장했던 자신의 과거보다 더 위로 올라갈 수 있는 가능성이 눈에 보였다.

유경성은 인상을 구겼다.

이토록 거울 속의 모습이 마음에 들지 않은 적이 없었다.

상상 속에서, 도재희의 얼굴과 젊은 시절 유경성의 얼굴이

묘하게 디졸브 된다.

"아."

그 순간 알았다, 자신이 여전히 과거에 머물러 살고 있음을.

임학두 위원장을 통해, 창(唱)과 판소리 수업을 추천받았다. 전주를 지키는 국악 단체인 '동이소리'의 대표이자 KTN의 〈국악장터〉를 10년간 진행하며 유명세를 얻은 박우리 명창이었다. 하지만 그는 미팅 첫날, 딱 잘라 부정적인 답변을 주었다.

"4개월이요? 그것 가지곤 부족해요. 최소 1년은 해야 합니다."

하지만 극이 소리를 다루는 영화이기는 하나, 배역 자체가 '명창'이나 '소리꾼'이 아니기에 임창태 감독은, 내게 절대 부담 갖지 말라고 하였다.

어떻게든 찍어야 하는 상황에서, 제작사에서 내놓은 방법은 창(唱)이 등장하는 장면을 최대한 뒤로 미루고, 연습 기간을 두 달 정도를 늘리는 것이었다.

"소리가 등장하는 장면만 집중적으로 배우는 수밖에 없겠네요."

소리가 등장하는 세 장면 중, 한 장면은 소리에서 오열로 변하게 되니, 실질적으로는 두 장면을 위한 6개월의 준비과정인 셈이다.

임창태 감독의 믿음에 보답하는 방법은 노력뿐이다.

준비해야 할 과제는 비단, 이뿐만이 아니다.

사극은 기본적으로 다양한 역량이 필요하다. 승마, 검술, 궁술 같은 장면도 소화해 내야 하는데. 무술팀이 동행한다고는 하지만, 최소한 '기본'은 할 수 있어야 한다.

광주의 승마장에서 승마를 연습하고, 경기도 남양주의 액션 스쿨에서 검술을 훈련하는 이 과정만 놓고 봐도 촬영에 비해 결코 호락호락한 스케줄이 아니라는 사실을 깨달았다.

"웃어 봐요. 치, 이, 즈!"

"치이즈."

물론, 이러한 과정 하나하나가 기자들 앞에서 진행된다.

일종의 퍼포먼스나 다름없지만, 이 또한 홍보의 일부.

[도재희의 연기 열정. 사극 필수코스 승마 연습 삼매경.]

['명창' 박우리가 극찬한 배우 도재희. "연습실 귀신" 별명 지어줘.]

[활시위를 당긴 채, 포즈를 취하는 도재희. 과녁 중앙을 뚫을 기세 (사진).]

[임강태의 〈사도세자〉(가제). 크랭크인은 언제?]

특별한 일정 없이 승마장과 소리 연습실을 오간 2018년의

겨울은, 과녁 중앙을 향해 날아가는 화살처럼 날아갔고, 2달
이 흘렀다.

"새해 복 많이 받아요, 오빠."

"영미 씨도 새해 복 많이 받아요."

"나는?"

"실장님도요."

"영미 씨, 새해 인사부터 너무 차별하는 거 아냐?"

지난 1년간 열심히 달려온 재익이 형이나, 영미 씨도. 그리
고 나도.

2019년이라는 이름의 무언가 달라질 것 같은 '새해'를 맞이
했다.

"그나저나 세월 정말 빠르지 않아요? 작년 이맘때에 '청춘열
차' 찍고 있었는데."

"그러게요."

1년을 너무 가파르게 달려왔다.

영화도 두 개나 찍고, 드라마도 하나 더 찍었으니까. 아, 특
별출연도 빼놓으면 안 되지. 거기다, '술김에' CF도 했구나.

"내가 CF 얘기했던가?"

“CF요?”

마침 CF 생각을 하고 있었는데, 내가 잘못 들은 건가 싶어 재차 물었다.

그러자 재익이 형이 룸미러를 보며 말했다.

“응. 자동차 CF 들어왔는데, 내가 말 안 했던가?”

“……”

안 하셨는데요.

“그제 들어왔어. 네가 메인 모델이고 2억 2천에 6개월.”

“……”

2억 2천이라니.

〈숨 닿을 거리〉를 통해 3개월 내내 생방 스케줄을 고생하면서 번 돈은 3억이 넘는다.

분명 게임머니처럼 느껴질 만큼, 상상하기조차 힘든 큰돈이지만, 하루나 이틀 만에 촬영이 끝나는 CF로 억 소리 나는 돈이 들어오니, 정말 CF는 돈 버는 기계구나 싶다.

최근 〈사도세자〉(가제)를 개런티 2억 7천만 원에 도장 찍었으니, 이럴 줄 알았으면 이사를 조금 미뤘다가 더 큰 집을 알아볼 걸 그랬다.

“근데 조금만 더 기다려 보자.”

“왜요?”

“더 올려야지. 이제 어엿한 ‘대세 배우’인데.”

어쩌면…… 건물을 살 수도 있을지도.

하지만 '돈'에 연연하지는 않기로 했다.

작품도 대중들의 평가도 개런티도 흐름을 탔으니까.

또 새해를 맞이하여 본격적으로 시작하는 첫 스케줄부터 '돈' 타령을 할 수는 없잖아.

그래. 새해 첫 공식 스케줄. 지금 가는 곳은, 임강태 사단의 본거지인 영화사 '숲'의 사무실.

오늘은 대본 리딩이 있다.

어느 자리에 앉던, 그 자리에 어울리는 사람임을 증명해야 하는 경우가 있다.

오늘 있는 〈사도세자〉(가제)의 대본 리딩.

나는 〈양치기 청년〉 때와 마찬가지로 이런 '호기심' '경계' '의구심' 어린 시선들이 내게 쏠릴 것이라 예상했다.

데뷔한 지 2년도 채 되지 않은 신인. 길었던 무명생활을 그 누구도 인정해 주지 않는 벼락스타. 이런 시선들이 쏟아져도 이상하지 않을 만큼 빠르게 승승장구한 커리어. '왕관의 무게를 견뎌라'라는 말처럼 매번 그래왔듯 이번에도 역시 그런 편협한 시선들을 뒤집어줄 생각이었다.

하지만 이런 내 판단은 기우였다.

서울시 노원구에 위치한 비교적 허름한 영화사 '숲'의 사무실에 들어서는 순간 작년과는 모든 것이 달라졌다는 것을 알 수 있었다.

"와! 도재희!"

내 등장에 적대감을 보이는 사람은 없었다.

오히려 모두가 쌍수를 들고 환영했다.

여러 가지 이유가 있었다.

'그렇게 연기를 잘한다며?'

〈피셔〉의 회식자리에서 시작된, 임강백과의 신경전은 업계 관계자들 사이에서 알음알음 소문이 퍼져나간 상태였고.

'작년에 상은 어마어마하게 받았던데.'

서울독립영화제의 독립스타 상과 더불어, 최근 영화제에서 대상을 휩쓸고 있는 박진우 연출의 〈양치기 청년〉은, 내 등 뒤에서 후광 역할을 톡톡히 하고 있었다.

그리고 하나 더.

작년 연말에 있었던 방송 삼사 연기대상에서 나는 세 개의 상을 수상했다.

SBC 〈청춘 열차〉를 통해 받은 남자 신인연기상, MKC 베스트 커플 상과 미니시리즈 부문 남자 최우수 연기상까지.

대상은 아니었다. 〈숨 닿을 거리〉로 존재감이 치솟긴 했지

만, 대상을 노릴 정도의 인지도는 아니었을뿐더러, 대상 수상
자가 대하사극 〈역모〉의 임명한 선생님이었다는 것을 떠올려
보면, 느닷없이 치고 올라온 라이징 스타에게는 2등 정도의 상
이 보기에 좋은 그림일 것이다.

어쨌든.

드라마와 영화를 넘나들며 개인 타이틀 4관왕이라는 전무
후무한 기록을 남겼다.

"PD, 감독, 작가들한테 이름이 계속 오르내린다던데."

"그뿐인가요? 투자자들이 엄청 좋아하죠. 아직 치솟지는 않
았지만, 반드시 치솟을 포텐을 가진 배우."

"에이, 이미 치솟았지."

작은 물결 여럿이 모여 파도가 되듯 배우 도재희라는 물결
은 어느새 파도가 되어 이들에게 제법 거세게 일었다.

송문교나 임주원같이 경쟁자가 치고 올라가는 모습을 싫어
하는 이들에게는 더없이 무서운 해일이었고, 뉴 페이스를 원
하는 감독과 작가들에게는 캐스팅 보드 최상단으로 이름을
올리는 파도 역할을 했다.

"우리 영화로 일찍 물어오길 잘했지. 안 그래?"

"그럼요! 저희랑 비슷한 시기에 들어가는 영화들 다 긴장하
고 있을 걸요? 증명된 에이스잖아요."

재익이 형도 한술 더 떴다.

"요즘에는 재희 차기작 관련 전화 받는 게 하루 업무의 시작과 끝이라니까요? 어찌나 시도 때도 없이 물어보는지……."

더 이상 나에 대한 증명은 필요하지 않았다.

2019년을 새롭게 써내려갈 스타 탄생의 시작, 리딩 현장은 시작 전부터 들뜰 수밖에 없었다.

"그럼 시작해 볼까요?"

"감독님, 아직 선배님 한 분 안 오셨습니다."

"음, 누구?"

하지만, 여러 사람이 모여 있으면 매사가 다 좋을 수는 없는 법이다. 어딜 가나 구설에 오르는 사람은 존재한다.

오늘 리딩에서 그 도마 위에 오른 사람은.

"유경성 선배님이요."

조연출의 말에 임창태 감독님이 그러려니 웃으며 말했다.

"아, 그럼 잠시 기다려야지."

유경성 선배가 문을 열고 영화사 사무실로 들어서자 뜨겁던 분위기가 빠르게 식었다. 5분을 지각한 것을 제외하면 그가 딱히 분란을 일으킨 것은 아니지만, 분위기가 심상치 않았다.

유경성 선배님의 번뜩이는 안광은, 주변 분위기를 딱딱하게 만드는 그런 아우라를 가지고 있었다.

또 여전히 포털사이트에 배우 유경성을 검색하면, 연관검색어로 '개런티 갑질'이 최상단에 위치한다.

하지만, 유경성 선배는 이런 시선이 익숙하다는 듯, 중지 손가락으로 볼을 긁으며 말했다.

"이거…… 어째 분위기가 싸하네요."

그러자 조연출이 분위기를 바꾸려는 듯 두 팔을 벌리며 환영했다.

"그럴 리가요, 선배님. 어서 안으로 드시죠."

어색해진 공기를 가볍게 하려는 움직임이었고, 나 역시 자리에서 일어나 고개를 숙였다.

"선배님, 오랜만에 뵙습니다."

그러자 유경성 선배는 낄낄 웃으며 말했다.

"이야, 우리 후배님. 알고 보니 어마어마한 분이더라고?"

연말에 상을 싹쓸이한 것을 본 모양이다.

그제야 가만히 앉아 있던 다른 배우들도 자리에서 일어나며 유경성을 맞이했다.

"크, 크흠!"

"경성 씨, 오랜만입니다."

하지만 어딘가 불편한 분위기다.

사실 분위기가 이럴 수밖에 없는 이유가 있다.

기본적으로 〈사도세자〉(가제)는 사극이고, 그만큼 나이대가 있는 배우들이 참여한다. 즉, 여기 모인 수많은 40, 50대 배우들은 유경성의 커리어 황금기를 바로 옆에서 지켜봤던 사람들인 동시에 그의 몰락에 미소 지으며 유경성의 밥줄을 나눠 먹은 사람들이다.

"이거, 복귀하셨다는 이야기는 듣기는 들었지만…… 이렇게 실제로 뵈니 느낌이 다르네요. 저, 기억하십니까?"

"경성 씨, 오랜만입니다. 저 아시지요?"

'질투심', '경계', '의구심'으로 만들어진 시선들이 유경성에게 쏠릴 수밖에 없는 이유다.

"……"

하지만 유경성은 나에게 보내던 호감과는 다르게, 다른 배우들에게는 살얼음을 뿜어내고 있었다.

그리고 처음, 한정식집에서 만났을 때 나를 무시했던 것처럼, 노(老)배우들을 의도적으로 무시하고는 나와 임창태 감독님에게만 인사했다.

그러고는 뒤늦게 물었다.

"이분들은 누굽니까?"

대놓고 면박을 주는 모습에 유경성을 의식하던 50대 배우들이 하나같이 당황한 기색을 감추지 못했다.

"으, 으흠!"

"저, 저희를…… 모르십니까?"

알겠다. 이 사람은 원래, 이런 사람이다.

자존심이 너무 강해서, 절대 굽히는 법을 모르는 남자. 지금의 위치와는 관계없이, 성격만큼은 옛날 '전성기'를 구가하던 유경성이다.

'발톱이 빠져도, 호랑이는 호랑이라 이건가.'

이런 태도가, 수십 년을 살아남은 노배우들에게 곱게 보일 리가 없다.

저마다 불쾌한 기색을 뿜어냈지만, 임창태 감독이 앞에 있다. 사사로운 감정을 드러낼 수는 없는 노릇. 배우들은 속으로 욕지기를 삼키며, 자리에 앉아 대본을 펼쳐 들었다.

나는, 유경성에게 일종의 흥미로움을 느꼈다.

내게 한 조언은.

"더러운 성질머리 드러내 봐야, 좋을 거 하나 없더라고."

그런데, 본인은 정작 그 성질머리를 제대로 뿜어내고 있지 않은가. 머리로는 알고 있지만, 결국 사람은 변하지 않는다는 건가. 일단은 지켜보기로 했다.

한물갔다고 평가받는 왕년의 스타가 이들에게 어떻게 주먹을 날리는지. 아니면 단순한 허세인지.

"읽어볼까요."

조연출이 지문을 읽기 시작했다.

"블랙아웃 상태에서 떠오르는 1762년 영조 38년. 자막과 동시에, 혜경궁 홍씨의 타이트한 얼굴이 떠오른다. 그의 품에 안겨 있는 어린 이산. 빠르게 지나가는 홍봉한과 영빈, 그리고 영조. 모두가 무덤덤하게 한 곳을 바라보고 있다. 시선이 집중된 곳은 궁궐 중앙에 애처로이 서 있는 뒤주. 그런데, 소리가 들린다."

콩콩콩!

테이블을 가볍게 두드렸다.

머릿속에는 사도세자, 이선의 외침들이 선명하게 메아리친다. 하지만, 나는 아직 대사를 할 준비가 되지 않았다.

나는 또다시 테이블을 두드렸다.

쿵쿵쿵.

조금씩 힘이 생긴다. 조금만 더 해볼까.

쿵쿵. 쿵. 쿵쿵쿵!

탄력이라도 받듯, 움직임과 함께 이선의 감정들이 머릿속에서 소용돌이친다. 목에 핏대가 서고, 이마에는 힘줄이 돋아난다. 눈에서는 이루 형용할 수 없을 만큼 강렬한 감정이 뒤섞여 나오고, 용수철이 튕겨져 나오듯 발작하며 소리쳤다.

"아바마마!"

쿵쿵! 쿵!

"살려주시옵소서!"

삽시간에 긴장감이 요동친다.

"제발 살려주시옵소서어어어!"

조금 드라이하게 시작할까, 가벼운 마음으로 장내에 들어섰던 배우들에게 날리는 외침이기도 했다.

단순히 대본을 읽으러 온 것이 아니라. 내가 이제껏 모든 사람에게 '증명'했듯, 모두가 배우로서의 최소한의 역량을 증명해야 하는 자리라고 말했다.

그리고 유경성 선배님 불을 뿜으며 말했다.

"잡신에게 들려 미쳐 버린 세자에게 어찌 이 나라의 종묘사직을 맡길 수 있단 말인가!"

이런 내 외침을, 호기롭게 받아친다.

믿기지 않을 만큼 빠른 몰입감으로 대사를 던진다.

또다시 장내의 분위기가 쥐죽은 듯 고요해졌다.

'열심히 해. 적당히란 없어.'

마치, 내 생각을 정확히 읽고 말하는 듯했다.

유경성의 얼굴이 차갑게 식었다. 좌중을 얼려 버릴 것 같은 독특한 분위기였다.

"죽으라. 그래야 모두가 산다."

지금 내 눈에 유경성은 영조였다.

52년간 조선을 이끈 성군이었지만, 천민 후궁의 배에서 태어났다는 열등감과 형(경종)을 독살했다는 의혹과 논란을 함께 가지고 있었던 조선의 왕.

스타라는 이름의 왕좌에서 물러난 지금, 시기와 질투를 받는 실제 상황이 유경성의 얼굴에 설득력을 부여했다.

"영빈(사도의 생모). 혼절할 듯한 얼굴로 급기야 쓰러지고. 이를 무덤덤하게 바라보는 영조의 얼굴. 턱수염이 떨려온다."

나와 유경성 선배는 의외로 호흡이 잘 맞는 부분이 있었다. '연기'에 목숨 건 인간들처럼 분위기를 다잡아 버린다.

그러니 자연스럽게 조연들이 바빠졌다.

가방에서 안경을 꺼내 쓰는 사람이 있는가 하면, 느닷없이 대본을 보며 본인 대사를 읊조리기도 했다.

임창태 감독은 이 모습을 흐뭇하게 바라보고 있었다.

나와 유경성의 연기는 계속 이어졌다.

"말해보라. 늙은 개는 죽어야 한다는 것이 무슨 말인지."

"그, 그것이……"

"나를 두고 한 말이더냐? 늙은 개는 죽어 마땅하니, 나 역시 늙었으니 죽어야겠구나."

"그것이 아니오라……"

"말해보라!"

"느, 늙고 병들어 미처 버리기 전에 죽고 싶다고 한 적은 있사옵니다……"

연기가 강렬하게 뇌리에 꽂힌다.

이렇게 느끼는 것은, 비단 나뿐만이 아니리라.

홍봉한(사도의 장인) 역을 맡은 노배우는 리딩 중에 일어난 이 때아닌 연기 배틀에 장단을 맞출 수가 없었다.

서로가 한 치도 물러서지 않고 잡아먹을 듯 으르렁거린다.

완벽한 군주이고자 하는 영조와 자유분방 반골 기질이 다분한 사도의 싸움.

"와."

둘이 맞붙는 신에서는 넋을 놓고 보고 있다가 본인 대사를 놓치는 경우도 허다했다. 특히나 한때는 '괴물'로 불리던 유경성의 연기력은 전혀 녹슬지 않았고, 오히려 거친 풍파를 겪어 내며 더욱 단단해져 있었다.

유경성이 무너지고 2000년대 후반, 그 빈자리를 탐했던 배우 중 한 사람으로서, 이번 기회에 영화에서 유경성을 제대로 꺾어보고자 했던 생각마저 처참히 무너질 정도.

그런데 그런 '괴물'에 전혀 밀리지 않고 오히려 초장부터 압도하는 '사도' 도재희의 연기는.

"술, 아니, 술 말고 칼을 가져오라! 자결하라 명하는 왕의 명을 어찌 거역하겠는가? 차라리 칼로 내 몸을 베겠다!"

"……."

온몸에 소름이 돋게 만드는 몰입감을 선사했다. 이런 생각은 임창태 감독과 조연출 역시 마찬가지다.

'미쳤구나.'

지문을 읽으면서 어떤 연기를 보여줄까, 기대감을 품게 된 조연출의 까만 얼굴은 잔뜩 상기되어 있었고.

임창태 감독은 조금 심심했던 〈사도세자〉(가제)의 새 제목을 떠올리고 있었다. 도재희의 연기를 보면서, 제목을 바꿔야 좋을 것 같다는 생각이 든 것이다.

"……뒤주를 바라보는 영조의 무표정한 얼굴. 아주 느리게 달리 인(In). 모든 것이 덧없게 느껴지듯, 공허한 얼굴. 마치 세상에 홀로 남겨진 듯한 쓸쓸함. 복합적인 얼굴에서, 빠르게 블랙아웃. 엔딩 크레딧 올라간다."

"끝."

카메라가 불을 뿜듯, 쉴 새 없이 플래시를 터뜨리게 만든 리딩 현장이 한바탕 끝이 났다.

아주 커다란 호흡을 뱉어내며, 몰입에서 빠져나오는 유경성의 눈에 들어온 것은, 자신의 맞은편에 앉아 있던 도재희의 얼굴. 리딩이 끝났음에도 독기 가득하던 그 얼굴에 '사도 이선'이 겹쳐 보이는 것 같은 착각마저 들었다.

동시에 혀를 내둘렀다.

'뭐 저런 자식이…….'

그러면서도 한편으로는, 세상에 인재는 많다는 생각에 피식, 헛웃음이 튀어나왔다. 과거를 추억하며 살고 있는 자신이지만 옛날의 자신보다 훨씬 낫지 않은가.

그때, 임창태 감독이 박수를 유도하기 시작했다.

짝짝짝짝.

빠르게 퍼져나간 박수 소리에는 간간이 환호성이 섞여 나왔다. 기자의 얼굴에는 마치, 영화라도 한 편 감상한 것 같은 즐거움이 배어 있다.

"자, 휴식 시간을 갖기 전에 발표 하나 하겠습니다."

임창태 감독이 손사래를 치며 이목을 집중시켰다.

"배우들의 연기를 보면서, 곰곰이 제목을 떠올려보았는데……. 제목으로 이건 어떤지 좀 들어보십시오."

영화의 제목을 바꾼다.

정체성마저 흔들어 버리는, 제법 중요한 순간.

"'이선'이 어떻습니까. 세자보다는, 인간 '이선'의 삶에 충실한 제목으로."

사도세자가 정말 광인이었건, 아니건.

영조가 형을 죽였던, 죽이지 않았건.

모든 역사적인 논쟁을 떠나, 동궁에서부터 시작된 '인간 이선'과 '아버지 영조'의 비극에 초점을 맞춘다.

정말 저런 모습이지 않을까 싶을 만큼, 대본과 일체화된 연기를 보여준 도재희의 모습에 모두가 고개를 끄덕였다.

'그래. 어차피 메인은 도재희니까.'

나는 바뀐 영화 제목이 썩 마음에 들었다.

더욱 내게 포커스가 맞춰진 영화라는 느낌이 드는 제목이다.

거기다, 영화 〈이선〉을 통해 유경성과 중견배우들의 자존심 싸움은 계속되겠지만, 위에서 이 싸움을 보며 즐기는 사람은, 결국 나다.

··· 6장 ···

역시, 웃는 게 좋잖아요

L&K 권우철 대표의 사무실에 대표와 마주 앉았다.

가끔 이런 생각도 든다, 세상의 중심에 내가 있다는 생각.

"최근 이렇게 압도적인 성장세를 보인 배우는 없었잖아. 딴 생각하는 거 아니지? 올해부터는 어엿한 L&K 간판 배우로 밀 거야. 이제는."

L&K 권우철 대표가 먼저 말로 나를 띄우기 시작했다.

〈숨 닿을 거리〉, 〈피서〉, 〈양치기 청년〉이 연속으로 쏘아 올린 작은 공들은, 내게 메이저 영화 주연이라는 자리와 함께 4관왕이라는 개인 타이틀까지 선물로 가져왔다.

2019년 신년의 겨울.

CF 섭외 전화가 물밀듯이 들어오는 '대세'로 변모한 지금, 허파에 바람이 잔뜩 들어갈 수밖에 없지.

-정장이 매우 잘 어울리는 배우죠. 2018년 브라운관과 스크린을 종횡무진 누비며 한 해를 강타했던 도재희가 이번에는 용포를 입을 예정이라고 합니다. 영화 '이선'의 뜨거운 리딩 현장을 들여다보았습니다.

스마트폰 동영상 뉴스를 확인하던 권우철 대표는 함박웃음을 지어 보였다.
"한 잔은 괜찮지?"
동시에 내게 와인잔을 권했다.
테이블에는 큐브 치즈에 와인 병이 올려져 있다. 얼핏 보기에도 값비싸 보이는 와인이었지만 나는 고개를 저었다.
"연습이 있어서요."
"응? 연습, 무슨 연습? 판소리?"
"네."
권우철 대표가 느끼한 미소를 지어 보이며 말했다.
"적당히 해. 그만하면 충분하다고 소문이 자자하던데. 오히려 연습실에 너무 오래 있어서 목 상할까 봐 걱정이라더라. 나도 다 보고 받고 있어. 그러지 말고, '오늘 같은 날'에는 쉬지그래?"
"……."

유독, '오늘 같은 날'이라는 문장에 힘을 주는 것은 나만 느끼는 의문은 아닐 것이다.

하지만 틀렸다. 권우철 대표에게야 학수고대하던 날이었겠지만 내게는 소리 연습이 있는 똑같은 '오늘'일 뿐이다.

"혹시 회사에서 그간 섭섭했던 거 있으면 얘기해 봐. 괜찮으니까."

"없어요. 그런 거."

"그래? 문교도 그렇고, 주원이 문제도 그렇고……. 아니지. 비단 회사 내부가 아니라도 외부적으로라도 뭐가 걸리는 게 있다던가, 그런 건 없어? 지금 재익이가 담당이지? 매니저가 형이라서 불편한 점은 없어? 어린 친구로 바꿔줄까?"

대표가 나를 부른 이유, 바로 재계약. 올해 초 5월, 내 5년 계약 기간이 만료된다.

"어떤 작가나 감독의 작품을 꼭 하고 싶다던가. 그게 아니라 다른 쪽으로 바라는 것도 좋고. 아 참, 아직 차는 없지? 차 안 필요해?"

"……."

나는 대답을 아꼈다.

요즘 연예기획사는 '톱스타'보다는 포텐 있는 '신인'을 선호한다. 그 이유야 톱스타는 어마어마한 계약금이 필요한 데다, 계약 시 분배 비율이 좋지 않아 생각보다 회사에 큰 이익을 주지 못하기 때문이다.

톱스타 누구를 데리고 있다면, 회사의 가시적 가치를 올릴 수 있지만, 수익은 오히려 '재능 있는 신인'에게서 두드러지게 나타난다.

드라마, 영화, 예능을 가리지 않고 '끼워 팔기'를 통해 수익을 뽑아내거나, 중국 시장에서 굴릴 수도 있으니까.

JW가 밀어주며 주력으로 키운 '윤 프린스'가 중국에서 한류스타 대열에 합류하여 돈을 어마어마하게 끌어모은다는 이야기는 파다하게 퍼진 공공연한 사실이다.

이 때문에 신인 한류스타를 발굴해 내려는 회사들이 '될성부른 신인 찾기'에 혈안이 되어 있는 것이다.

그 중심에 나도 있다.

지금 내 분배 비율은 계약금 없이 5:5, 1년간 내 수익의 절반이 회사에 분배되었다. 지난 1년 사이 나는 수억 원의 돈을 벌어들였고, 그 덕에 5년간의 밥값은 다 한 셈이다.

그리고 지금 대표는, 이제부터 본격적으로 황금알을 낳을 거위를 묶어두기 위해 온갖 사탕발림으로 나를 현혹하는 것이다.

내가 말했다.

"굳이 그러실 필요 없어요."

"응?"

“어차피 재계약할 생각이니까.”

내 말에 권우철 대표가 뿌듯한 미소를 감추지 못하고 와인 잔을 들어 올리며 말했다.

“건배를 못해서 아쉽네.”

그렇게 와인을 한 모금 들이마시고는, 긴장이 풀린 듯 가슴을 쓸어내리며 크게 숨을 내뱉었다.

“후우! 2019년 회사 간판인데 떨어지기 직전이잖아. 이 간판을 내려야 하면 어쩌나 걱정했거든.”

그래. 별문제가 없다면 L&K와 재계약을 할 것이다.

L&K에 남을 경우, 가장 큰 장점은 내가 돋보일 수 있다는 것. 그리고 회사 내 그 어떤 누구보다 막강한 ‘힘’을 가질 것이라는 점이다.

하지만.

“조건이 있어요.”

“조건?”

이미, 어마어마한 계약금을 조건으로 제시하는 회사들도 있다.

가장 대표적인 예가 JW엔터와 엄 부장. 이들은 확실히 밀어주고, 확실히 뽑아먹는다. 물론 그 과정에 ‘중국 진출’이라는 전제가 깔려 있어, 하고 싶은 작품을 고르는 배우가 아니라, 원금을 회수하는 기계가 되는 것이 문제지만.

"우선 3년. 계약금 없이 8대 2. 개런티 뻥튀기를 위한 의미 없는 중국행은 거절입니다. 또 작품을 선택권은 오로지 제가 가졌으면 합니다."

재계약은 하겠다. 하지만, 마스터키는 내가 쥔다.

내가 던질 미끼는, 정산 비율 재조정과 앞으로 내가 작품을 선택하고 어떤 시장에서 움직일지에 대해 회사의 간섭을 배제하는 것이다.

"세부 조항으로?"

"네."

목표는 중국이 아닌, 할리우드.

동양인이 할리우드에 진출하는 일은 이제는 흔한 일이 되었지만, '빅 애플'이 되지 못하고 한두 작품 반짝에 그치며 동양인의 무덤이 되는 이유도 명확하다.

인종과 언어. 이미 확고한 동양인에 대한 이미지가 잡혀 있다. 단순히 실력만으로는 뛰어넘을 수 없는 두꺼운 벽이다.

그렇기에 회사는 '돈 안 되고 불확실한' 할리우드보다 안전하고 수익이 큰 중국 시장을 선호하는 것이다.

하지만 나는 이를 뒤집을 수 있는 '무기'를 가지고 있고 당장은 아니지만, 앞으로의 목표가 확고하다.

계약에는 그 점이 명시되어 있어야 한다.

'내 선택에 발목 잡지 않고, 100% 밀어줄 것.'

권우철 대표가 고개를 끄덕임과 동시에 힘을 주며 말했다.

"하지만 배우 '도재희'의 몸값 흥정은 내 몫이야."

출연료 협상은 여전히 회사 몫이라는 의미인데, 나야 뭐.

"좋습니다."

그러자 권우철 대표가 웃음을 터뜨렸다.

"시원시원해서 좋네. 그야, 당연하지."

그래. 나는 그 누구도 탐을 내지 않을 수가 없는, 붙잡을 수밖에 없는, 그런 배우가 될 것이다.

기업은 이미지로 먹고산다.

그 이미지의 얼굴이 되는 것은, CF 모델이고. 모델의 인기는 해당 제품의 인기와도 상당 부분 겹치게 된다. 그러니 자연스럽게, 기업의 가치도 뛰고 모델의 가치도 덩달아 뛴다.

내게 비즈니스 파트너를 제안한 기업은 M사, 제품은 자동차 '불칸 SUV'다.

일전에 내가 '술김에'에 출연했을 때와는 비교도 할 수 없는 큰 금액이 오가는 협상 테이블. 재익이 형이 말했던, 6개월에 2억 2천에서 6천만 원이 훌쩍 뛴, 2억 8천에 협상이 끝났다.

'술김에' 이후, 불과 1년도 걸리지 않은 짧은 시간 동안 몸값은 네 배 이상 불어났지만, 섭외가 끊이질 않는다.

새해를 맞이해 새로운 얼굴을 찾는 수많은 유명 브랜드. M자동차, G초콜릿, Y영어 학원 등등. 모두가 국내외에서 이미 업계 인지도 퍼스트 브랜드들. 당연히 내 이미지에도 문제가 생기지 않을, 돈을 가득 품은 복주머니들이다.

"이 정도면 스타트로 딱 좋아. 다음 CF에서는 또 올리고, 올리고, 계속해서 올리는 거야."

회사에서는 5:5 계약 기간 동안, 최대한 돈을 뽑기 위해서라도 CF를 계속해서 넣을 것이다. 전작 개런티가 기준이 되는 업계에서, 개런티를 올리고, 올리고, 계속해서 올리겠지.

뭐, 내게 투자했던 금액들을 회수하는 과정이니 나 역시 얼마든지 오케이지만. 이럴 때마다, 말년에 고생하고 있는 유경성의 모습이 스친다.

"개런티 높인다고 아웃 되지는 않겠죠?"

내 장난스러운 질문이 순수하게 느껴졌는지, 재익이 형이 크게 웃음을 터뜨렸다.

"푸핫핫! 유경성 선배 말하는 거야? 별걱정을 다 한다. 이런 건 너는 걱정하지 마. 그때 기획사랑 지금은 수준 자체가 틀리니까. 그리고 그분이랑 너는 다르잖아."

그래. '나'는 다르다. 하지만 확실히, 최근 들어 기분이 많이 '업' 된 것은 사실이다.

오전에는 여유롭게 일어나 연습실에서 영화 준비를 하고, 점심에는 간단한 브런치와 함께 콘티 북을 확인하며 CF를 골라내는 꿈에 그리던 모습이 되었으니까.

이럴 때, 더욱 조심해야 한다. 욕심을 계속 눌러야 한다.

유경성이라는 존재를 떠올리며 나 역시 언제라도 무너질 수 있음을 인지해야 한다. 나조차도, 스스로 성공했다고 느끼는 이 순간을 의심해야 한다.

내가 정말? 왜? 아직 멀었지 않아?

잠시 이 맛에 빠져 버리면 만족하게 되고, 무서워지게 된다. 그러다 괴물이 되고 돌이킬 수 없는 덫에 빠지고 만다.

국내 M자동차 2019년 신형 SUV '불칸 2019'의 광고 촬영은 순조로웠다.

크로마 세트장에서 인물 촬영을 진행했다.

촬영 모델은 오직 나 혼자, 단독모델이다.

'불칸 2019'의 슬로건은.

[신사, 그 속의 숨길 수 없는 야성.]

마치 한 마리의 황소를 연상케 하는 차량 전면의 압도적인 비주얼. 남자다움이 느껴지는 외관과 반대되는 내부의 고요함을 내세운다.

사막을 달리는 SUV 차량, 차량에 타고 있는 정장을 입은 남자. 폭풍의 눈을 향해 돌진하는, 한 마리의 황소가 불칸 SUV로 디졸브 되며 모습이 변하고.

폭풍 같은 그 어떤 위협도 신사의 마음을 흔들지 못한다는 콘셉트다.

"자! 이번에는 폭풍을 보았다고 가정하고, 조금 놀라는 것처럼 해볼까요?"

이미 한 번 해보았던 CF 연기다. 잘해낼 수 있음은 물론이거니와, 최대한 완벽한 연기에 중점을 두었다.

빈틈없니 차려입은 체크무늬 정장. 머리는 포마드로 깔끔하게 넘기고, 얼굴은 이제껏 영화나 드라마에서 드러내지 않았던 '모던함'과 '시크함'에 중점을 뒀다.

연기의 요점은 다양하지만, 간결하고 정확하게.

"오케이! 지금 눈빛 좋거든요? 폭풍을 보았다! 아, 좋아요. 보았는데, 오히려 속도를 낸다. 맞붙어 버린다!"

대사가 없어서 눈빛 하나, 손짓 하나에 연기가 다르게 느껴질 수 있다.

감독의 디렉팅에 맞춰, 정확하게 해내는 것이 원 오케이의 포인트라고 볼 수 있다.

크로마 세트 촬영이 끝나고, CF 연출이 다가와 물었다.

“재희 씨, 혹시 모델 출신이에요?”

“네? 아뇨.”

“아니죠? 그런데 모델 출신처럼 표현이 되게 자유롭네요. 너무 잘하셔서 놀랐어요. 대사 없이 하는 CF는, 은근히 힘들어하는 배우들 많거든요.”

대사가 없는 CF의 경우 ‘연기’라는 측면보다는 ‘쇼’의 개념이 강하다.

“특히 30, 40대 남자 배우분들이 그래요. 익숙한 지문은 거의 없고 콘티 그림이 대신하니까요”

표정, 눈, 당당함. 이런 것들이 연기력보다도 필요하다고 했다. 그래서 오히려 카메라 앞에서 ‘자기 PR’이 익숙한 아이돌이나 모델들이 잘 해내는 경우도 많다는 말을 덧붙였다.

물론, 이 역시 케이스 바이 케이스겠지만.

“괜찮았나요?”

“그럼요. 그림 아주 잘 뽑힐 것 같습니다.”

나는 머릿속에 콘티가 완벽하게 그려져 있거든.

콘티대로만 나온다면, 그럭저럭 괜찮을 것 같다.

M자동차. ‘불칸 2019’의 CF는 정확히 영화 〈이선〉 크랭크인 날짜에 처음 공개되었다. 먼저 일일드라마 방송 시작 전 CM으로 첫 공개 되고, 인터넷에도 순차적으로 풀렸다.

-넥타이가 너무 섹시하잖아!

-으아! 도졌다!

-앞머리 올린 모습도 너무 멋있잖아요. ㅠㅠ

반응은 상당했다.

국산 자동차 중에서도 고가에 해당하는 M사의 불칸 시리즈 신형. 거기에다, 재익이 형의 말마따나.

"불칸에 도재희가 더해졌는데, 반응 안 터지고 배겨?"

실시간 톡톡 동영상 조회 수는 급상승 1위를 기록했고, 어지간한 아이돌만큼이나 댓글 수도 많다.

"으으, 가끔은 안 믿긴다니까요."

영미 씨가 나를 돌아보며 말했다.

"처음 만났을 때는, 진짜 아무것도 모르는 잘생기기만 한 오빠였는데."

"……."

나도 영미 씨와 이렇게 오래 일할 줄은 몰랐는걸.

우리는 어느새 전라북도 부안에 도착했다.

영화 〈이선〉의 크랭크인 첫 촬영을 위해 전라북도 부안의 어느 테마파크에 차를 주차한 순간, 나는 당황스러움에 창문을 내렸다.

지이이잉.

"다시 한번 말해봐요!"

"시끄러워."

슬쩍 열린 창문 틈 사이로 사람들의 고함 소리가 흘러들어 왔다.

그리고 그 주인공은, 〈이선〉의 트러블 메이커인 유경성 선배님과 홍봉한, 강삼재 역할을 맡은 조연배우들이었다.

"아이고, 두야."

조연출이 머리를 싸매고 있다.

재익이 형이 중얼거렸다.

"뭐야, 싸우는 거야?"

무슨 일인지 몰라도, 작은 다툼이 생긴 것 같은데, 싸우는 이유는 대충 감이 온다. '유경성' 선배님이, 내게 한 조언과는 반대로 더러운 성질머리를 드러냈기 때문이리라.

"흐음."

나는 가볍게 입술을 삐죽였다. 분명, 익을수록 고개를 숙이는 것이 벼와 신사라고 했는데. 젠틀한 얼굴로 허허, 웃으며 자존심 싸움을 벌이는 모습은 혈기왕성한 나나 임강백을 보는 듯했다.

　나이를 떠나 이들 모두 배우이고, 남자들. 아무래도 이번 영화, 아버지뻘 되는 우리 귀여운 선배님들 양손을 꼭 붙잡고, 중심을 잘 잡아야 할 것 같은 느낌이 든다.

　“이럴 때는 주연이 나서야지. 촬영장 분위기 메이커.”

　“맞아요, 오빠. 오빠가 가서 말려봐요.”

　“……”

　주연이 무슨 슈퍼맨이냐.

　차에서 내려 이들에게 다가가니, 조연출이 내게 다가왔다.

　“무슨 일 있습니까?”

　“아, 오셨군요. 먼 길 오시느라 고생하셨습니다. 별일은 아닙니다. 왜 으레 있는 기 싸움이죠. 첫날부터라 문제지만.”

　알 만하다. 잘나가던 동네 대장이 잠시 쉬는 동안, 그 밑에 있던 2인자들이 대장 노릇을 하고 있었는데, 영원히 쉴 줄 알았던 대장이 돌연 필드로 돌아와 버렸다.

　“다시 한번 말해봐요! 지금 뭐라고 했습니까!”

　“똥 덩어리들에게 개똥 같은 짓거리하지 말라고 했다.”

　“……”

　아무래도, 별일인 것 같은데.

　“제가 말려볼게요.”

　앞으로 다가가, 선배님들에게 말했다.

"저…… 선배님. 무슨 일 있으십니까?"

그러자 이들의 시선이 날카로운 시선이 내게 꽂혔다.

마치, '또 뭐야? 말리지 말라고 했지!'라는 눈빛이었는데.

"끄응."

그게 나라서 함부로 말하지는 못했다.

"보는 눈이 많습니다. 선배님들."

내 말에 입을 꾹 다물고는 그렇게 한참을 서로 노려보며 씩씩거리던 홍봉한과 강삼재 선배님은 돌연 등을 돌리며 말했다.

"오늘은 그냥 참겠는데. 앞으로 예의는 지켜주셨으면 합니다."

홍봉한과 강삼재 선배님들이 사라지자, 유경성 선배가 셔츠 윗주머니에서 담배를 꺼내며 킬킬 웃었다.

"……속으로 같잖은 생각들은 다 하는 개똥벌레들이 겉으로는 아주 신사 납셨네."

그러고는 유경성 선배가 나를 보며 씨익 웃어 보였다.

"그치?"

마치 그 눈은 '너는 이해하지?'라고 묻는 듯했다.

나는 그를 똑바로 마주 보고 고개를 저으며 말했다.

"……선배님이 제게 성질머리 죽이라고 하셨잖아요. 좋을 거 하나도 없다고."

그러자 유경성이 껄껄거리며 웃었다.

"너는 죽이라고. 아직 젊잖아."

이 남자는, 적어도 내게 호감이 있다. 촬영장에서 스텝을 제외하고는 마음 터놓고 말할 배우가 나밖에 없다.

나는 어느 정도, 이런 유경성의 마음을 공감할 수 있다.

"나는 이제 끝물인데. 자존심 죽이면서 살 필요 있나."

유경성이 나를 볼 때면, 마치 내 모습에서, 옛날의 자신을 떠올리는 듯했으니까.

"감독님 은퇴작 도우면서, 나도 나름대로 마지막을 멋지게 준비하는 거다. 말년에 저런 비열한 것들한테 고개 숙일 필요는 없잖아."

고개 숙이지 않고, 어깨 펴고 마지막을 준비하는 것, 그것 나름대로 멋있는 일이라는 생각은 든다.

하지만 내게는 아직 먼 이야기겠지.

"……."

조연출에게 선배님들이 싸움이 붙은 이유를 전해 들었다.

유경성 선배가 주차장에서 담배를 피우고 있었는데, 홍봉한과 강삼재 선배님이 조연출이 나눠준 김밥과 커피를 받아들고 안으로 들어가려 했고. 배가 고팠던 유경성 선배가 김밥은 어디서 받았냐고 물었는데, 홍봉한과 강삼재는 그런 유경성 선배를 무시하며 의도적으로 대답하지 않은 것이다.

그러자 열이 뻗친 유경성 선배가 '개똥벌레 같은 것들이'라고 내뱉으면서 말싸움이 시작되었다.

아이고.

잠깐이지만, 멋있다고 생각했던 것은 취소다.

무슨, 고작 김밥 한 줄 때문에.

하지만 조연출은 자기 잘못이라고 했다.

"유경성 선배님은 회사 없이 하시거든요. 매니저도 없으시니 제가 더 챙겨야 했는데……."

"아, 회사가 없으세요?"

"네. 그래서 복귀 시기가 늦어진 것도 있죠. 아무래도 업계에서 '태도 불량'으로 낙인 찍혔으니까요. 그 불같은 성질도 복귀를 늦추는 계기가 되었고."

그건 몰랐는데.

매니저 없이 활동하는 배우는, 의외로 많다. 회사 없이 에이전시를 통해 작품을 소개받아, 촬영 오는 배우들. 하지만 대부분 단역이다.

이렇게 '주연급'에서는 매우 드문 경우다. 회사가 없어도 최소한 매니저 역할을 해주는 누군가는 동행했으니까.

혼자 연기하고, 혼자 운전하고, 혼자 밥도 챙기는 말년 배우의 모습. 어쩐지, 애처로운 마음도 들었다.

"경성 선배님 성격상, 이런 일을 예상 못 했던 것은 아닙니다. 임 감독님도 특별히 신경 쓰라고 말씀하셨고요."

이분도 영화판에서 경력이 상당하시지.

입봉을 미루며, 벌써 15년 넘게 영화판에 계셨으니 유경성과도 잘 아는 사이인 것 같다.

"그래도 캐스팅하신 이유는, 임강태 감독님과의 인연 때문이시겠죠?"

"뭐, 그렇죠. 비단 이유가 그것뿐만은 아니지만."

"그럼요?"

"연기죠. 감독이 배우를 찾는데 이것만큼 확실한 이유가 있을까요."

제아무리 문제아라고 손가락질받아도, 찾을 수밖에 없는 유경성의 연기력.

"임 감독님은 경성 선배님의 진가를 잘 알고 계시거든요."

감독님 자신이 데뷔시킨 제자나 다름없는 유경성을 다시 스크린으로 불러들인 것은, 사제지간의 연보다 그 실력에 대한 신뢰가 먼저였을 것이다.

어쩐지 부러운 관계라는 생각이 들었다.

나 역시, 내가 작업했던 감독들에게 이런 배우로 기억될까. 적어도, 〈청춘열차〉의 문병철 감독이나, 〈양치기 청년〉의 박진우 연출에게는 그런 배우로 남지 않았을까.

그리고 이제는 임창태 감독의 마지막 작품으로 기억에 남는 배우가 되고 싶다.

"어쨌든, 재희 씨가 신경 쓰실 일은 아닙니다. 앞으로도 이런 일이 종종 있을 것 같은데, 제가 잘 챙겨야죠."

내가 말했다.

"저도 챙기겠습니다."

"네?"

그러자 옆에서 가만히 듣고 있던 재익이 형도 거들며 말했다.

"선배님 식사는 앞으로 저희가 챙길게요. 김밥 같은 것도 앞으로는 제가 맡겠습니다."

조연출이 눈을 크게 떴다.

"그, 그러실 것까진……."

"가족인데요, 뭘. 앞으로 3개월 동안 가족이지 않습니까?"

재익이 형의 넉살에 조연출이 기분 좋게 웃음 지었다.

"그렇군요. 그럼, 잘 부탁드립니다."

이번엔 내가 말했다.

"그리고 말씀 편하게 해주세요. 제가 너무 불편합니다."

"아하하! 천천히 놓겠습니다."

나는 조연출과의 대화를 끝내고, 한창 촬영 준비 중인 현장을 거닐며 생각했다.

유경성 선배도, 다른 선배님들도 양쪽 입장을 모두 이해할 수 있다.

누구의 편을 들기보다는, 최대한 싸움 없이 이 현장을 이끌

어나가는 것이 내 역할, 나는 그 어떤 작품보다 '연기 외적인'
능력이 많이 필요한 현장이 아닐까 생각했다.

선배들 사이에서 구박받지 않는 예쁜 후배, 후배지만, 선배들
에게 무시당하지 않고 중심을 잡을 수 있는 영향력 있는 주연.

"저, 서, 선배님."

그리고 후배에게 인정받을 수 있는 든든한 선배.

나는 익숙한 목소리에 등을 돌렸다.

그곳에는 소례복(小禮服)을 곱게 차려입은 여자가 서 있었다.

"아, 오랜만이에요."

이태리. 혜경궁 홍씨 역을 맡은 스물여덟 살의 여배우.

영조의 며느리이자 정조의 어머니. 동시에 내 정실부인 역이
다.

데뷔 연도는 나와 같지만, 나이가 많아서 내가 선배다.

"괘, 괜찮습니까?"

"예?"

내가 되묻자, 이태리가 슬쩍 고개를 숙이며 치마를 움켜쥐
고 말했다.

"의, 의상이요."

"아. 예쁘네요."

내 말에 이태리가 환하게 웃었다.

저러니까 눈이 안 보일 정도로 작아진다.

"감사합니다!"

데뷔는 나와 비슷한 시기에 했지만, 그동안 단역과 고정 단역을 전전하다, 제대로 주목받는 것은 이게 첫 작품이라고 하였다.

어쩌면, 다시 찾아오지 못할지도 모르는 기회. 신인에게는 더할 나위 없이 좋은 무대다. 부디, 잘했으면 좋겠다는 생각이 든다.

나는 휘휘, 바람을 들이마시며 화려하게 꽃단장 중인 창덕궁 야외 세트 중심에 섰다.

그러자, 이태리가 물었다.

"근데 선배님은 추운데 왜 밖에서 대기하십니까?"

1월의 바람은 싸늘했지만 나는 대기실로 들어가지 않고 있었다.

이유는? 그동안 많이 배웠지.

나는 임명한 선생님이 내게 그랬듯, 별다른 의미 없다는 듯 가볍게 말했다.

"혼자 쉬면 눈치 보이잖아요. 후후."

열심히 일하고 있는 스텝들을 향한 말이었지만, 완벽하게 잘못 알아들은 이태리가 눈을 동그랗게 뜨며 물었다.

"선배님도 다른 선배님 눈치를 보십니까?"

"……."

"저만 대기실에 있기 눈치 보이는 줄 알았습니다. 어쩐지 추운데 밖에 계시더라니……."

"……."

곧이곧대로 믿는 순수한 캐릭터였어?

아, 어쩐지.

기본적으로 영화 〈이선〉은 연대기별로 진행된다.

오프닝 타이틀이 떠오르기 전, 프롤로그 격으로 뒤주 장면이 보여지고 난 뒤에 바로 붙는 장면은, 사도세자의 형인 효장세자의 죽음과 늦둥이로 태어난 '이선 아역'으로 시작한다.

정치적 이념 다툼 때문에 아비의 손을 떠나 동궁에서 길러진 '아역 이선'의 외로움과 총명함. 아들을 사랑하는 영조의 모습이 잘 드러나는 장면들은, 따뜻함마저 감돈다.

하지만 16신 이후부터 내가 등장하면서 분위기는 돌변한다.

부자간의 대화 단절, 아들에 대한 불신, 못마땅함, 불만, 자유를 향한 갈망, 왕에 대한 공포심 따위가 뒤섞이는 장면들이 계속해서 이어진다.

대망의 크랭크 인 첫 촬영은.

의대증(衣帶症, 옷 입기를 두려워하는 강박증의 일종)에 걸린 이선을 찍는 35신으로 정해졌다.

의대증, 왕에 대한 공포와 트라우마에 시달리던 이선이 의관을 제대로 갖추면, 왕을 보러 가야 하니 옷을 입으면 안 된다며 일종의 강박증을 보이는 장면이다.

옷을 입히려는 궁녀를 칼로 해하고, 곁에 있던 내관을 위협하는 장면.

"재희야, 시작하자!"

"네."

어느새, 말을 놓는 것이 익숙해진 조연출이 나를 불렀고 백의 무명저고리만 입은 상태로 수염을 붙이고, 피부 분장까지 모두 마친 나는 카메라 앞으로 걸어갔다.

동궁 전으로 지정된 건물 입구부터 야외까지 걸어 내려오며 궁녀와 벌이는 실랑이다.

나는 '죽는 궁녀1' 역을 맡은 단역에게 인사했다.

"안녕하세요."

그러자, 촬영이 한두 번이 아닌 듯 여유로운 모습의 40대 단역배우가 찡긋 웃으며 말했다.

"우와, '피서' 잘 봤어요. 수염도 잘 어울리시는데요."

"하하. 그런가요? 감사합니다."

"영광입니다. 잘 부탁드려요."

조연출이 들고 있는 무전기에서는 임창태 감독의 말이 흘러

나왔다.

-롱 테이크로 쭉 딸 거니까 재희 씨 하고 싶은 대로 한 번
해봐.

내가 하고 싶은 대로라.

콘티는 대충 짜여져 있다. 콘티는 감독의 머릿속을 정리해
놓은 세계관. 임창태 감독은 내게 그 세계관을 공유해도 좋다
고 말한 것이다.

"알겠습니다."

그러자 소품 팀과 의상 팀 스텝들이 내게 달려왔다. 동궁전
입구를 지키는 병사의 허리춤에 칼집을 매달고, 의상 팀은 내
옷매무새를 마지막까지 정리했다.

"리허설 갈게요."

조연출의 외침에 나는 입구에 궁녀와 함께 섰다.

"여길 이렇게 걸어나가서, 저 검 뽑아서 쓰면 되는 거죠?"

"네네."

나는 드라이하게 움직임을 몇 번 맞춰보았다.

걸어가서 치우고, 신경질적으로 치우고, 급기야는 발작적으
로 검을 뽑아 죽인다.

그리고 치밀어 오르는 울화통을 억제하지 못해 분통을 터
뜨리는 이선.

'왜 옷을 입고 싶어하지 않을까'라는 의문은 이미 머릿속에

있다.

오히려 벌써부터 팔 끝이 간질간질하는 기분이다.

틱 장애라도 있는 듯, 눈꼬리가 꿈틀거리고, 입술이 뒤틀릴 것 같다.

그러자 눈치 빠른 조연출이 다급한 목소리로 물었다.

"바로 갈까요?"

대답 대신 내가 고개를 슬쩍 끄덕이자, 조연출이 무전기에 대고 황급히 말했다.

"바로 갑니다. 스탠바이."

좌중이 고요해진다.

곧이어 임창태 감독의 목소리.

-액션!

발작적으로 옷을 쳐냈다. 어깨에 얹혀 있던 궁복이 바닥을 굴렀지만, 궁녀는 오늘만큼은 꼭 의복을 정제하겠다는 비장함마저 엿보인다.

"저하."

그러고는 새 의복을 꺼내 다시 내 어깨 위에 얹는다.

"이것 치워라."

"저하, 날이 춥사옵니다. 의복을 입지 않으시면 반드시……."

"치우래도!"

별안간 소리를 내질렀다.

벙한 얼굴의 궁녀들, 내 뒤에 따라오는 궁녀들의 손에는 여벌 옷이 스무 벌이나 들려 있다.

저 많은 예복을 보는 순간.

"하."

갑갑함이 밀려온다.

저 옷을 입는 순간, 예를 갖추고 아버지를 보아야 한다. 지금 걸치고 있는 백의 무명적삼마저 찢어발기고 싶을 만큼 목 끝이 간지럽다. 이 두려움의 끝에는 뭐가 닿아 있는지 나조차 모르겠다.

지금은 그냥…….

"……저하, 입으셔야 합니다."

"닥치래도!"

발작적으로 병사의 허리춤에서 칼을 뽑아 궁녀를 찔렀다.

푸욱!

"어억!"

시뻘건 피가 백의를 물들이고 얼굴에 잔뜩 튀었다.

"헥, 헥."

궁녀들은 공포에 몸서리치며 머리를 처박고 움츠렸지만, 이상하게 마음이 진정이 되지를 않는다.

"후욱, 후욱."

호흡을 크게 들이마시고 내뱉기를 반복했다.

지금은 그냥.

"으아아아아아아!"

가만히 있으면 돌아버릴 것 같아, 의복을 찢어발겼다. 눈에 보이는 대로 집어 들어 찢어버리고, 칼로 그어버렸다.

겁에 질린 궁녀들은 비명을 지르며 달아났고, 나는 미친 듯이 칼을 휘둘렀다.

휘릭, 휘릭!

그래도 가슴속에 가득 찬 이 울화통은 멈추지를 않는다.

움직임을 멈추고 하늘을 바라보았다.

"어찌, 어찌 살아야 한단 말인가."

뜨거운 무언가가 계속해서 솟아올랐다가 식기를 반복한다.

-오케이!

무전기에서 오케이 사인이 떨어지고, 모니터에서 촬영본을 확인했다.

연기를 확인하던 임창태 감독님이 돌연 물었다.

"지금 기분 어때, 시원해?"

"……."

시원하냐고?

만족스럽게 연기했냐는 질문인지, 아니면 마음에 들지 않는다는 반어법인지. 감독님의 질문 의도를 파악하지 못한 나는, 조금 다르게 답했다.

"갑갑합니다."

이선의 심정을 말한 것이었다.

한 마디로 설명할 수 없는 이 갑갑함. 거대한 장벽에 가로막혀 현실을 타파할 수 없을 것 같은 막막함이 사라지질 않았다.

그러자 임창태 감독이 크게 콧소리를 뿜어내며 웃었다.

"내 생각도 그래!"

나중에 알게 된 사실이지만, 임창태 감독님은 모니터를 보며 이렇게 말했다고 한다.

"저기서 똥을 싸도 이선이야."

대사, 몰입감, 호흡 따위는 뛰어넘은 이선, 그 완벽한 상태. 아무래도, 배역에 몰입해서 답한 내 말이 마음에 든 모양이다.

촬영이 끝나고 유경성 선배님과 홍봉한, 강삼재 선배님에게 각각 다른 핑계를 대며, 근처 막걸리 집으로 불러냈다.

양측 다, 후배 주연배우가 싹싹하게 술 마시자고 하는 모습이 귀여웠는지 흔쾌히 응하셨는데.

"경성 씨가 왜 여기 계십니까?"

"……그러는 그쪽들은?"

아이고.

입구에서 세분이 딱 맞닥뜨려 버렸다.

"그야 우리는 재희가 술이나 한잔하자고……."

"……뭐?"

세 분이 나를 동시에 바라보셨다.

선배님들은 내가 일부러 이 자리를 마련했다는 사실을 알고 얼굴을 구기셨는데, 나는 자리에서 일어나 어색하게 미소 지으며 선배님들의 등을 밀어 자리로 안내했다.

"자자, 일단 앉으십시오."

그리고 나는.

"사장님! 노가리 세트에 맥주 주세요."

주문을 하며 딴청을 피웠다.

"크흠!"

"염병……."

다행스러운 점은, 세분 모두 그 자리에서 일어나 가게를 나가시지는 않았다는 점이다.

가만히 놔두면 낫는 상처가 있고, 극약처방이 필요한 외상이 있는데. 이 경우는 후자였다.

3개월의 레이스는 짧다. 양측 사이의 간극이 단순한 '자존심' 싸움 이외에는 아무 알맹이도 없는 상황에서 굳이 팀 사기를 꺾을 이유는 없지 않은가.

"저희끼리, 술 한잔하는 것이 어떻습니까."

그러자 유경성 선배가 마른 오징어를 질겅질겅 씹으며 말했다.

"시커먼 남자 놈들끼리 무슨."

"그러실까 봐 여자도 불렀습니다."

"응?"

"여자요. 저희 팀에 젊은 여자라면 한 명뿐이잖습니까?"

그러자 입구에서 막 샤워를 마쳤는지 화장기가 전무한 뽀얀 얼굴에, 가벼운 아디다스 트레이닝복을 입은 이태리가 가게로 내려왔다.

"여기요."

내가 손을 흔들자, 한달음에 달려와 고개를 꾸벅 숙인다.

그리고 갓 들어온 전입 신병처럼 우렁찬 목소리로 말했다.

"아, 안녕하십니까! 저는 신인배우 이태……."

내가 손목을 잡아끌었다.

"앉아요. 앉아."

사람들 다 처다보게 뭐하는 거야.

이태리 입장에서는, 극 중 남편과 아빠, 시아버지가 앉아 있는 불편한 술자리였을지도 모르지만, 다행히도 표정은 밝아 보였다.

"저도 술 좋아합니다. 예뻐해 주십시오!"

그나저나 저, 괴상한 군대 말투는 어디서 배운 거야?

하지만 선배님들 반응은 나쁘지 않다.

"시커먼 놈들끼리 있는 것보다는 낫네."

"클클. 적당히 마셔요. 술은 잘 마셔요?"

"말씀 편히 해주십시오!"

극을 이끌어갈 주조연급 배우들이 같은 테이블에 앉는 것은 중요한 일이다. 특히, 오늘 같은 날은 정말이지 기념비적인 일이지.

〈청춘열차〉의 소윤이나, 〈숨 닿을 거리〉의 유아름 같이 달달한 성격은 아니지만. 어딘지 모르게 깍듯하면서 엉뚱한 면이 있는 이태리는 선배님들이 좋아할 모습을 다 갖추었다.

"술 한 잔 더 드립니까?"

"응?"

"큭큭큭, 말투 뭐야, 컨셉이야? 일부로 그러는 거야?"

거기다 은근히 중독성 있는 말투까지.

선배님들이 서로 대화를 나누거나 하지는 않았지만, 같은 자리에서 같은 대화를 나누고 같이 웃는 것은 이미 풀어진 것이나 다름없다.

"근데, 자네 이름이 왜 이태리야? 예명이야?"

"본명입니다."

"아, 그래? 이탈리아에서 태어났어?"

"……."

아, 이 분위기 뭐야.

홍봉한 선배의 썩은 아재 개그에 유경성 선배가 눈알을 부라리며 중얼거렸다.

"염병하네. 분위기 봐라. 부장님이야? 애 이름 가지고 뭐하는 짓이야. 다 늙어 가지고."

"뭐요?"

아아, 제발 좀.

어쨌든, 드디어 선배님들이 서로 대화를 트셨다.

이 괄목할 성과에 기뻐해야 하나.

"자자. 선배님들."

나는 아재개그에 몸서리치며, 분위기를 풀려고 노력했다.

유경성 선배님의 팔을 붙잡고 억지로 잔을 들어 올렸다.

"한 잔하시죠."

"크흠."

"흠!"

이들 사이에 맺혀 있는 꽁한 감정에 대해서는 나는 잘 모르겠지만, 어쨌든 이렇게 자주 얼굴을 보다 보면 금방 풀리겠지.

앞으로 이런 자리를 매일매일 만들어줄 요량이다.

매일 같이 보다 보면, 좀 나아지겠지.

내 생각은 이렇다.

자존심 싸움이 하고 싶다면, 제발! 카메라 앞에서만 하고,

카메라 뒤에서는 좀 웃자고요.

첫 촬영은 여러 가지를 암시했다. 물론, 좋은 쪽으로.

중견배우들과의 불화를 예감했음에도 강행했던 '유경성'의 캐스팅은, 영화에 숨어 있는 유일한 '불안감'으로 작용했지만. 그것은 금세 사람들의 머릿속에서 지워졌다.

"나경언이라는 자의 상소를 내 받아보았다. 내게 이러는 연유가 무엇이냐? 정말 나를 죽이기라도 하겠다는 것이냐?"

본인 스스로 타고난 '영조' 역임을 입증했기 때문이다.

도재희×유경성.

이 두 명의 배우는, 전라북도 부안의 테마파크 안에서는 완벽한 부자(父子)로 살았다.

"선배님, 식사는 뭐로 드시겠습니까?"

"끌끌, 어제 갔던 국밥집 괜찮던데. 거기로 갈까?"

둘의 관계는 사적으로 가까운 듯 보였지만, 기이하게도 숏 사인이 떨어지면 멀기만 한 영조와 이선으로 차갑게 변했다.

욕심, 실망, 불신에서 증오. 복합적인 눈빛 연기가 일품인 유경성과 그냥 '사도세자' 그 자체인 도재희. 거기다 첫 촬영에서 일어난 말다툼 이후, 홍봉한과 강삼재 같은 배우들은 유경성에게 자극이라도 받은 듯, 열연을 펼쳤다.

"대리 청정을 하고 계시는 세자 저하의 만행을 가만히 두고 볼 수는 없사옵니다!”

“간밤에 무고한 이들을 해하고, 동궁에 무녀와 비구니를 불러들여 관에 들어갔다 하옵니다. 산 자가 어찌 관에 들어간단 말입니까. 제정신으로 이해하기 힘든 기행이옵니다.”

하루하루가 피 튀기는 연기 배틀이 아닐 수 없었다.

손에 땀을 쥐게 만드는 신들이 매일 같이 이어졌다.

그러면서 현장 분위기는 점점 물살을 타고 있었다.

“이거, 예감이 오지 않아?”

“나도…… 그 생각했어. 너랑 똑같은 생각.”

손익분기점을 넘기는 것에 만족하려 했던, 작은 욕심. 메가 흥행까지는 기대하지 않던 스텝들의 마음을 바꾸어 놓는 것에도 성공했다.

“어쩌면…… 500만도 찍겠는데.”

“700만 넘을지도 모르지. 나라면 두 번 봤을 거거든.”

임창태 감동의 영화가, 인물의 감정선에 집중하여 관객의 마음을 울리는 영화라고는 하지만. ‘대세’라고 불리는 스펙터클한 천만 영화들에 비하면, 다소 단조롭다.

손익분기점은 매번 넘겼지만, 200만 300만 이상의 관객을 동원하지 못하는 이유는 임창태 감독의 감성 때문. 한데, 이런 단점까지 모두 연기로 커버해 버린다.

단순한 대사 바리 신일 뿐인데도, 주고받는 대사 사이에 날카로운 칼이 숨겨져 있다.

액션 영화 못지않게, 강하게 몰입하게 되는 이유다.

"임 감독님, 데뷔작이 제일 성적이 좋았지?"

"그랬지. '봄에 마실 물'. 당시랑 지금이랑은 상황이 많이 다르니까."

"확실히 유경성 선배라는 카드를 쓴 이유가 있었네."

"거기다 재희는 신의 한 수고."

촬영 분위기는 자리 잡혀간다. 기 싸움은 줄어들고, 각자의 자리에서 제 역할에 충실하다.

동시에 매일 매일 확신하고 있었다.

이 영화, 된다고.

가끔은, 시리도록 차가운 공격적인 모습보다.

뜨거운 경쟁심이, 동기부여가 되기도 한다.

열흘간의 첫 번째 촬영 일정이 끝났다.

하지만 나와 이태리의 촬영이 끝났을 뿐이지, 이곳 테마파크에서는 4일 내내 선배님들과 우리 아역 배우들의 촬영이 예정되어 있다.

나와 이태리가 없는 사이, 우리 선배님들 또 싸우시지는 않겠지?

어쨌든 다음 촬영 일정인, 전주 촬영소의 실내세트가 아직 완성되지 않았다고 했으니, 앞으로 열흘 정도 휴식이 주어진 셈이다.

"고생하셨습니다!"

"수고하셨어요."

"재희야 고생했어! 열흘 뒤에 보자!"

피곤했지. 카니발 뒷좌석에 늘어져 버너 위 오징어처럼 꿈틀거리고 싶다. 나는 조금이라도 빨리 서울로 돌아가고 싶은 생각에 주차장으로 발걸음을 재촉했다.

그런데, 이태리가 나를 붙잡았다.

"저, 선배님."

테마파크 입구에서 이태리가 내 옷깃을 잡아끌며 말했다.

"마, 말씀드리고 싶은 게 있습니다."

그리고 벽 쪽으로 시선을 돌렸다.

그곳에는 세트장 안내지도와 함께 붙어 있는 영화 촬영 협조 안내문이 붙어 있었다.

영화 <이선> 촬영 안내.

감독 : 임창태

출연 : 도재희, 유경성, 이태리.

※촬영으로 인해 색칠된(그림) 인근 세트장은 관람이 불가합니다.

※소란은 삼가주십시오.

※휴대폰은 반드시 꺼주십시오.

입구 외벽에 붙어 있어 매일 아침에 보게 되는, 새삼 새로울 것도 없는 안내문.

"저게 왜요?"

그러자 이태리가 말했다.

"조금 뜬금없는 얘기일 수도 있는데……. 꼭 선배님께 말씀드리고 싶었어서요."

"말씀해 보세요."

"저기 적혀 있는 제 이름을 보면, 가끔 현실이 맞는지 의심하고는 했습니다. 매일 아침이, 새로워서……. "

고작 안내문에 세 번째로 적힌 이름 가지고 이러다니, 포스터라도 나오면 울겠다.

"……."

하지만, 저 마음이 어떤지 잘 알 것 같았다. 조금만 힘을 줘도 끊어져 버리는, 얇은 한 줄의 희망을 붙잡고 여기까지 당겨 온 거다. 그 믿지 못할 결실이 눈에 보이는 환희의 순간.

뭐, 이것도 둔감해지지만. 나도 저런 시절이 있었지.

"저 이 작품, 캐스팅된 게 아니라 오디션 봐서 들어온 거 말씀드렸던가요?"

"네. 그랬죠."

지난 2년간, 단역과 고정단역을 오가다 '임창태 감독의 은퇴작' 오디션에서 어마어마한 경쟁률을 뚫고 기회를 잡았다고 했다. 〈청춘열차〉 이전의 나처럼.

"오디션 보면서, 매일 매일 이 순간을 간절히 기다려왔습니다. 배우로서 당당할 수 있는 순간을요."

그녀가 갑자기 이런 말을 왜 하는지, 어렴풋이 느낄 수 있었다.

다짐이다. 내가 조승희와 임명한을 〈피셔〉 현장에서 처음 보고 느꼈던 감정. 저들과 어깨를 당당히 하고 싶은 욕망, 이제야 한발을 내디뎠다는 뿌듯함. 그녀는 내게서 이와 비슷한 감정을 느끼고 있었다.

이태리가 환하게 미소 짓더니 다짐하듯, 주먹을 꼭 쥐었다. 그리고 장난스럽게 투정부리듯 말했다.

"이번 촬영에는 밀렸지만, 다음 촬영부터는 조금 달라져 있을 겁니다. 각오하세요!"

"아아……."

상대를 이겨 먹어야 올라가는 세상. 이태리는 내게 조금도 기분 나쁘지 않은 도전장을 던졌다.

나는 장난스럽게 미소 지으며 화답했다.

"그럼요. 얼마든지요."

선배고 후배고, 모두가 경쟁을 벌여야 하는 무대.

오히려, 가슴이 두근거리는 이런 선의의 경쟁은 환영이다.

그동안, 너무 다양한 사람들과 싸워서 몰랐는데 말이야.

지금도 확실히 느낄 수 있었다.

역시, 카메라 뒤에서는 웃는 것이 좋다.

··· 7장 ···
선댄스 영화제

연말이나 연초, 방송사나 언론에서 공통적으로 떠들기 좋아하는 것들이 있다.

바로 '차트'다.

사람들은 '순위' 매기는 것을 좋아한다.

'저 배우는 저 작품으로 떴군.'

'저 배우는 뭐가 부족했어.'

'저 배우는 20대 여자들에게 인기가 많네?'

-스타 차트 쇼쇼쇼! '2019년 활약이 가장 기대되는 배우!' 발표하겠습니다. 2018년 M모 방송사 연기대상에서 미니시리즈

부문 최우수상을 수상한 대형 신인이죠. 도재희!

〈스타 차트 쇼쇼쇼〉라는 케이블 프로그램에서 신년 특집으로 위와 같은 항목으로 차트를 발표했는데 '2019년 가장 주목받는 배우'라는 주제로 내가 1등을 차지했다.

기존의 엄청난 팬덤을 보유한 '윤 프린스'를 재치고 위로 올라섰지만 나는, 이에 크게 의미를 두지 않았다.

"푸하, 정말요?"

그냥 가볍게 웃어 보였을 뿐이다.

지금 내게 불어오고 있는 바람의 강도는, 저런 수치 없이도 얼마든지 체감할 수 있으니까.

또, 오만해질 필요도 없는 문제다. 브랜드 평판을 참고하여, 화제성과 인터넷 반응을 이용해 프로그램 작가들이 뽑은 임의의 수치. 즉, 정확한 지표도 아니다.

가벼운 마음으로 뽑아 본 포춘 쿠키나 무료신년운세에서 '올해는 대길(大吉)입니다!'라고 말한다고 100% 신뢰하는 이들이 없듯 말이야. 하지만, 이는 내 개인적인 생각일 뿐이고, 회사나 외부 입장은 조금 다르다.

L&K 메인에 걸리는 새로운 간판 배우로서 외부 자존심을 챙겨야 하고. 이것은 나에 대한 대중들의 기대감 충족에 직결된다.

그러다 보니, 생각지도 않았던 '선물'을 받기도 한다.

"이게 뭐예요?"

"앞으로 네가 타고 다닐 차."

얼마 전, 내가 찍었던 M사에서 제작한 최고급 호화 리무진 밴이 내 '선물'이었다.

회사에서 내게 달아준, 헤르메스의 신발 '탈라리아M'. M사에서 만든, '톱클래스 미니 버스'라고도 불리는 이 어마어마한 리무진 밴은 조승희가 타고 다니던 최고급 크래프트 밴에 절대 꿀리지 않는, 압도적인 크기를 자랑했다.

나는 얼떨떨한 얼굴로 되물었다.

"……정말요?"

"그럼."

내부는 더욱 고급스럽다.

"바닥재가 우드 플로어? 뭐라더라. 하여튼 고급 요트에 쓰이는 엄청 고급재질이라더라."

넓고 안락한 환경과 더불어, 좌석 옆에 달린 콘트롤러 하나만으로 스마트 TV, 냉난방 조절이 모두 가능했다.

"헐! 이거 대박!"

영미 씨가 제일 마음에 들어 한 부분은, 운전석과 좌석 사이에 있는 개폐형 스마트 글라스인데.

"이거면 실장님이 아무리 떠들어도 안 들리겠어요?"

아예, 운전석과 뒷좌석을 막아버려 재익이 형의 투머치토크를 봉쇄할 작정이다.

"정말 이럴 거야, 영미 씨?"

"실장님 운전하면서 말 너무 많이 하셔."

흔히 '밴'의 급에 따라 배우의 인지도가 갈린다는 얘기를 많이 한다. 유명한 배우일수록, 동행하는 스텝도 많아지고 밴도 으리으리한 차량으로 바뀌게 된다.

이로써, L&K에서 올 한해 가장 밀어주는 스타가 되었다는 증명은 끝난 셈이다.

내가 물었다.

"이거, 재계약 선물인가요?"

"아니. CF 연장 계약을 위한 M사를 위한 선물이지. 또 회사를 위한 선물이고. 재계약 선물은 따로 있을걸?"

일전에 권우철 대표님이 재계약 선물로 차를 언급한 적이 있다.

으음, 내가 운전할 일이 뭐가 있을까.

어쨌든.

"와! 의자 시트 엄청 푹신하네."

나는 새로운 이동형 침대 '탈라리아M'을 타고 인천국제공항으로 향했다.

지난주, 미국 유타 주에서는 '선댄스 독립영화제'가 시작되었다. 나는 영화 촬영 일정 때문에 개막식에는 참석하지 못했지만, 시상이 있을 폐막식만큼은 참석하기 위함이다.

군이 시간을 내서, 영화제를 찾으려는 이유가 있다.

[믿을 수 없는 영화! 110분의 기적.]
['선댄스' 〈양치기 청년〉 엔딩 크레딧 이후 무려 10분간, 기립박수 받았다.]
[미국을 들뜨게 한, 무명 감독과 무명 배우가 쓴 기적 같은 동화.]

이미, 월드시네마 부문 심사위원 대상의 수상이 유력하기 때문이다.

"미국 가서 맛있는 것도 좀 먹자. 부안에서 맨날 똑같은 백반에, 밥 차만 먹었더니 기름진 음식 당기지 않아?"

"엄청 느끼한 치즈 파스타! 쉭쉭 버거!"

"오오! 그거 좋지!"

"오예! 신난다!"

재익이 형과 영미 씨는 잔뜩 즐거운 얼굴로 소리쳤다.

사실, 이번 일정은 영미 씨까지 동행할 일정은 아니다.

영화제 측에서 제공한 항공 티켓도 사라진 마당이라 미국까지 사비로 다녀와야 하는 수준이었지만 회사에서는 그동안 고생한 '도재희 크루'에게 특별 휴가를 준 셈이다.

밀어주는 것 하나는 확실하다니까.

어둠이 깔린 밤.

공항의 야경이 눈에 꽉 차듯 들어온다. 그리고 푸르스름한 밤하늘을 날아오르는 비행기 불빛도 번쩍인다.

이거 참, 파란만장하네.

한국에서 시애틀을 경유해 17시간 이상 날아간 곳은 미국 유타 주(州)의 솔트 레이크 시티.

새하얗게 눈이 쌓여 있는 공항 인근에서 우리는 차량을 기다렸다. 오래 기다리지 않아, 박진우 연출의 든든한 친구이자, 제작부장님이 렌터카를 끌고 우리를 마중 나왔다.

"여깁니다!"

"아, 오랜만입니다."

부산국제영화제가 끝나고 대략 석 달 만에 만난 SAFA 스텝들은 변한 것이 없을 짧은 시간이지만 뭐랄까.

"동계 올림픽 열렸던 걸로 유명하잖아요. 거기다, 하명성 주연 영화. '스키점프' 배경도 여기고. 날씨가 추워서 그런가? 음식 간이 되게 짭짤해요. 살찌기 딱 좋은 느낌."

고작 며칠 먼저 왔을 뿐인데, 이 지역에 대해 설명하는 제작 부장님이 엄청 든든하게 느껴진다.

유타 주 특별 여행 가이드와 동행한 느낌이랄까.

선댄스 영화제가 열리는 곳은, 솔트 레이크 시티에서 차로 한 시간 정도 떨어진 인구 8천 명의 작은 도시였다.

파크 시티.

눈이 가득 쌓인 설산이 품고 있는 도시, 한 폭의 수채화 속에 담겨 있는 작은 레고 마을 같은 도시다.

자연의 힘은 위대하달까.

서울에서는 보기 힘든, 뻥 뚫린 하늘과 탁 트인 절경이 인상적이다. 이런 자연이 더욱 돋보이는 이유는, 고층 빌딩 없이 모두 알록달록한 색깔의 작고 예쁜 상점가로 이루어져서 그렇다.

세계 독립영화인들과 스키 피플들을 초대하는 환상적인 겨울 도시로 얼핏 멀리서 보기에는 미니어처 같기도 하다.

"우와."

나는 한눈에 내려다보이는 이 작은 도시가 품고 있는 매력을 머릿속에 담아내며 입을 쩍 벌렸다.

이제야 좀 외국에 온 것 같은 느낌이 든다.

〈피셔〉 해외 로케이션으로 방문했던 중국은, 물론 그 나름대로 좋았지만 서울과 별반 다를 것 없는 느낌이었다면 여긴, TV 속에서만 보던 세상이다.

우리는 차에서 내려, 파크 시티 거리를 거닐었다.

바람은 불었지만, 그렇게 춥지는 않았다. 기분 좋은 바람이 머릿결을 넘겼고, 재익이 형은 휴대폰 카메라를 들고 내 앞에서 VJ처럼 사진을 찍었다.

"후후, 팬 서비스 차원에서 이런 건 남겨놔야지."

"대박!"

영미 씨는 커다란 클러치 백을 메고 어느새 손에 커다란 소시지를 들고 입에 밀어 넣고 있었다.

길거리 곳곳에는 작고 예쁜 가게들이 즐비했고, 세계 최초의 독립영화제의 성지다 보니 온갖 실험적인 영화 포스터가 건물 내벽에 가득 붙어 있었다.

그중에는 내 얼굴도 당당하게 자리했다.

"oh! Liar man!"

독립영화를 즐기러 온 관광객들로 가득한 이곳에서 한 편집 샵의 주인 아저씨는 나를 알아보며 악수를 청해왔다.

이 머나먼 타국 땅에 나를 알아보는 사람이 있다니. 과연, 영화의 도시. 나는 이 작은 도시의 축제에 흠뻑 빠져들었다.

선댄스는, 그리 큰 영화제가 아니다.

오히려 작은 영화 '축제'가 어울린다.

레드카펫도 깔리지 않고, 부산국제영화제보다 작은 것은 말할 것도 없다. 하지만 크기가 아니라, '역사'가 이 영화제의 가치를 증명해 준다.

쿠엔틴 타란티노, 데이미언 셔젤 같은 이름만 들어도 대표작이 떠오르는 거장들이 이 영화제를 거쳐 갔다.

잠시 걷다, 제작부장님이 말했다.

"여깁니다."

파크 시티의 추위를 아늑히 막아줄 따뜻한 숙소, 아니, 영화제 측에서 제공한 일종의 별장의 나무문을 열고 들어서자, 팡! 팡! 샴페인 축포가 터져 나왔다.

"워!"

그리고 그 중심에는 박진우 연출이 있었다.

"환영합니다. 도 배우님."

그리고 언젠가는 여기 있는 박진우 연출의 이름도 유명 할리우드 거장의 이름 뒤에 자리하겠지.

"감사합니다."

이 어시스트를 내가 할 수 있다는 점은 큰 영광이다.

씻고 언 몸을 녹일 새도 없이, 우리는 소파에 늘어지게 누워 샴페인을 마셨다. 오랜 비행 때문에 피곤했지만, 잠을 자고 싶다는 생각은 들지 않는다.

1년 전, 〈양치기 청년〉 미팅을 가졌던 날이 딱 이맘때이던가.

영화에 확신을 가지지 못하던 감독, 커리어에 내세울 것이 없던 신인배우. 아무것도 없던 둘이 만났던, 1년 전의 대화를 기억하고 많은 것이 바뀐 오늘의 만남을 기억했다.

정신이 오히려 또렷해지는 기분이다.

앞으로 1년 뒤의 우리는, 또 어떤 모습을 하게 될까.

"아, 도 배우님 메일 주소는 안 바뀌었습니까?"

"네. 그대롭니다."

"그럼, 뭐 하나만 부탁드려도 되겠습니까?"

"네. 말씀하세요."

박진우 연출이 쑥스러운 듯 뒷머리를 긁적이며 말했다.

"부국제 이후에 좋은 인연들을 많이 만났거든요. 그래서 요즘 쓰고 있는 글이 하나 있습니다."

"좋은 인연이라 하심은……."

배급사와 투자자들일 것이다.

"네. 제 영화를 좋게 봐주신 영화사가 있습니다."

즉, 박진우 감독이 본격적인 메이저 영화 데뷔를 준비하고 있다.

그리고.

"도 배우님이 제일 먼저, 읽어주셨으면 합니다."

내게 지난 1년간 지속되던 인연의 끈을 계속 이어나가자고 말하고 있다.

단순한 캐스팅 제의지만, 뭐지.

"……."

이 벅차오르는 뜨거움에 내가 말을 잇지 못하자, 박진우 연출이 내 태도를 오해하며 황급히 손사래를 쳤다.

"부, 부담 드리려는 것은 아닙니다. 벌써 이렇게나 도와주셨는데……. 또 도와달라는 것이 아니라, 저는 그냥 단지……."

"읽어보겠습니다."

"예?"

"꼭 읽어보겠습니다. 부담이라뇨. 영광입니다."

부국제를 통해 인연을 만든 차기작으로 한국 영화에 포탄을 쏠 것이고. 선댄스 영화제는 어쩌면, 해외시장의 발판이 될지도 모르지. 벌써, 박진우 연출에게 명함을 던진 영화사도 많다고 했으니까.

"감사합니다."

1년 뒤의 모습은 어떻게 될까.

단언컨대, 우리는 또 한 번 세계 영화제를 뒤엎으며, 보다 높은 별을 향해 달려갈 것이다.

박진우 감독의 커리어는 이제 시작했고, 그의 영화 욕심은 아직 채워지지 않았다.

그건 나 역시 마찬가지다.

아직, 하고 싶은 연기도, 이루고 싶은 커리어도 너무 많다.

"제가 너무 오래 붙잡았네요. 내일 시상식 행사에 참가하려면 푹 쉬셔야 하는데."

“하하, 그럼 내일 뵙겠습니다.”

나는 숙소 내 방 침대에 드러누워 내일 있을 시상식과 마지막 폐막식을 떠올렸다.

‘영화’ 그 자체를 사랑하는 사람들.

제작비는 없지만, 영화를 만들기 위해. 무언가를 찍기 위해 열정을 불태우는 사람들.

돈이 아닌, 마음으로 영화를 만드는 예비 거장들의 축제.

그리고 그 중심에서 흘러나올 내 얼굴, 내 영화.

오늘은 왠지 잠이 잘 올 것 같은 기분인걸.

레드카펫이 없는 영화제, 외면보다 내면이 중요한 영화제.

파크 시티에 있는 극장들에서는 영화 상영과 동시에, 크고 작은 토론회가 열렸고.

후원 부스에서는 출품, 초청된 감독들의 인터뷰가 열렸다.

유타 주 파크 시티에서 열린 ‘2019 선댄스 영화제’의 시상식은 Jamaca극장에서 열렸는데, 이날 사회자로는 할리우드가 사랑하는 감독 겸 배우 ‘조셉 이든 캣맨’이 참여했다.

단편영화부터 장편영화까지, 자국(미국)과 월드(국제) 그리고 시네마(극영화)와 다큐멘터리로 부문이 나눠진 섹션에서 우리 작품은 월드시네마(국제 극영화) 부문으로 참여했고 결과적으로, 우리는 심사위원 '대상'을 수상했다.

선댄스 영화제에서 받을 수 있는 가장 권위적인 상이다.

이 역시, 만장일치로 의견이 통과되었다는 사실은 숨길 수 없는 공통된 의견이었다.

나는 영화제를 어떻게 즐겼냐고?

"아주 특별한 영화였습니다. 스몰키드들이 빅맨들을 향해 시원하게 주먹을 날렸다고! 제가 심사위원이 아니어서 표를 던지진 못했지만. Damm! 환상적이었어요!"

시상식이 열리는 Jamaca극장에서 서서 맥주를 마셨다.

또, 조셉 이든 캣맨이 하는 말이 마치, 영어가 아니라 모국어처럼 들리는 아찔한 경험을 하고 있었다.

영어 시나리오를 여러 권 흡수한 내 능력으로 귀가 뻥뻥 뚫리는 경험과 동시에 조셉 이든 캣맨과 눈이 마주쳤다.

그는 내 얘기를 하고 있었다.

"예정된 순서는 이게 아닌데, 이거 눈이 마주쳐 버렸네요. 나도 너무 궁금하다고! 이 영화에 출연한 배우는 대체 누구야! 특별 서비스입니다. 헤이! 올라와요."

조셉 이든 캣맨이 내게 하는 말이 귀에 쏙쏙 들어박힌다. 지금, 내 얼굴을 알아보고 나를 무대 위로 불러낸 건가.

말 그대로 특별 '번외' 인터뷰다.

딱딱한 시상식이 아니라, 함께 즐기는 축제, 기껏해야 백여 명이 모여 있는, 전문 프레스홀도 아닌 극장 무대 위.

모두가 웃고 떠들고 먹고 마시는 축제 현장에서 무대에 한 번 서는 것이 뭐 그리 대수일까.

"도재희! 도재희!"

나를 연호하는 스텝들을 뒤로하고 나는 자리에서 일어나 두 팔을 크게 들어 올리며 앞으로 걸어갔다.

'왜 불렀어?'

라고 묻는 제스처였지만, 이유는 이미 알고 있다.

좋은 소설을 본다면 이 작가가 누군지 궁금해지고, 좋은 영화를 보면 누가 만들었는지 궁금하지.

"휘이이익!"

휘파람 소리와 함께 박수가 터져 나온다.

조셉 이든 캣맨 옆에 나란히 섰는데, 키가 엄청 커 보였던 것과는 다르게 나보다 3㎝쯤은 작은 듯하다.

조셉은 굉장히 시원시원한 목소리로 말했다.

"오늘 이곳 파크 시티에 모인 영화 팬들은 모두 당신을 인정합니다. 좋아요. 인정하자고요. 나도 그래요. 대체, 저 사람은 누구야? 왜 이렇게 연기를 잘해? 오케이. 나, 엄청 긴장하면서 봤다고."

장르를 가리지 않는 연기파 배우이자, 전천후 영화감독으로 재능을 뽐내는 유명 아티스트에게 듣는 극찬이라니.

나는 내게 마이크를 건네는 조셉에게 웃어주고는 마이크를 잡았다.

말이 너무나 자연스럽게 나온다.

나조차도 소름 끼칠 만큼, 익숙한 영어로.

"감사합니다. 나도 이곳을 인정합니다. 이런 기분 좋은 축제는 처음이라고요."

처음 보는 동양인에게서 나온 유창한 영어에, 또다시 박수와 웃음이 터져 나왔다.

조셉 역시, 재밌다는 듯 껄껄거리며 웃었다.

내 마이크에 고개를 들이밀며 짤막하게 물었다.

"이름이 뭡니까"

나는 어깨를 으쓱이며 마이크를 턱 끝까지 당기고 말했다.

"도재희."

처음으로 내 이름을 해외에 알린 순간이다.

〈킬빌〉, 〈바스터스〉, 〈장고〉로 국내 영화 팬들에게도 유명한 쿠엔틴 타란티노는 데뷔작 〈저수지의 개들〉을 선댄스 영화제를 통해 알렸고.

데이미언 셔젤은 자신을 메이저로 데뷔시켜 줄 '제작비'를 구하기 위해 선댄스를 통해 단편 〈위플래시〉로 메이저 무대에 입성했다. 지금은, 〈라라랜드〉 같은 명품 영화로 실력을 연이어 입증했다.

박진우 연출에게도 크고 작은 기회가 연달아 왔다는 것은 굳이 숨기지 않겠다.

유명 영화사에서 함께 일해보자는 제안도 받았고, 단편 네 개의 작품을 모아 하나로 엮는 프로젝트를 진행 중인데, 그중 하나를 맡아줬으면 좋겠다는 제안도 받았다.

그가 어떤 선택을 할지는 나도 잘 모르겠지만, 지금은 박진우 연출이 만나는 사람이 너무 많아 함께 축제를 즐길 수는 없었다.

누가 뭐라고 해도, 그가 올해 선댄스의 주인공이니까.

나는 나대로 바빴다.

인구 8천 명의 이 작은 도시에서는, 지천에 나를 알아보는 사람이 가득했기 때문이다.

"Hey!"

"Liar man!"

비단 이런 이유뿐만이 아니라, 조셉 이든 캣맨이 시상식이 끝나고 나와 함께 식사하기를 원한다는 이유도 있다.

"와, 조셉이랑 밥 먹는 거야? '365일 썸머타임' 재미있게 봤는데."

식당은 숯불 돼지 구이와 소시지 맛이 일품인 조그만 가든으로 조셉이 나를 초대했다.

"어서 와요."

고기가 지글지글 불판 위에서 익을 동안 통상적인 인사가 오갔다.

'영화 잘 봤다.'

'그 장면이 너무 인상 깊더라.'

'한국에서 지금 배우로 활동하고 있는 것이냐.'

하지만 이런 것들은 애피타이저일 뿐이었다. 조셉이 나를 굳이 따로 보자고 한 이유는, 생각보다 훨씬 비즈니즈적인 이유였다.

"아까 무대 위에서 한 말 전부 다 사실이에요. 난 배우이지만 감독이기도 합니다. 좋은 배우를 찾았으니, 함께하고 싶은 거죠. 단도직입적으로 말할게요."

"……"

"당신과 함께 영화 하고 싶어요. 내 영화에 출연해 줄래요?"

조셉은 배우이자 연출이기도 하다.

그가 만들 예정인 영화에, 인상 깊었던 나를 쓰고 싶어 한다. 물론, 주연은 애초에 기대도 하지 않은 조연이었지만 이게 거절의 이유는 아니다.

치명적인 단점이 있다. 아니, 많았다.

비중은 남자 캐릭터 중 다섯 손가락 안에 드는 조연이었지만, 할리우드에 파다하게 퍼져 있는 동양인들에 대한 '이미지'가 그대로 드러난 배역이다.

촌스러운 졸부, 게임 잘하는 젊은이, 똑똑하지만 썰렁한 농담으로 분위기를 흐리는 암묵적인 차별까지.

나는 웃으며 말했다.

"일 얘기는 머리가 아파서. 일단은 영화제의 마지막을 즐기고 싶어요."

거절을 완곡하게 돌려 말한 것이다. 조셉도 내 의중을 알아차리고는, 고개를 끄덕이며 웃었다.

"Enjoy Festival!"

조연이지만 할리우드 데뷔 기회를 걷어 차버린 것에 대해 재익이 형은 내게 따져 묻지 않았다.

모든 작품에 대한 선택 권한을 내가 가지고 있기 때문이다. 하지만 조금은 아쉬운 기색이 역력했다.

"그래도…… 조셉 영화인데."

난 전혀 아닌데 말이야.

언젠가는 이 무대를 다시 밟을 것이다. 어쭙잖은 배역으로 동료 스타들에게 무시 받을 사이즈가 아니라 더욱 몸집을 키워서.

물론, 한국에서 제아무리 잘나간다고 별들의 무대인 이곳에서 대접을 받을 것이라는 기대는 하지 않는다.

하지만 몇 년 후의 일은 모르는 것이다.

〈양치기 청년〉이 얼마나 해외 영화 시장을 두드려 팰지도 모르는 일이고.

시상식과 폐막식, 이틀간의 미국 일정을 마치고 솔트 레이크 시티로 돌아왔다.

SAFA팀은 미국에 며칠 더 머무른다고 했기에 아쉬운 이별을 하고 '도재희 크루'만 귀국했다.

미국에서 이틀, 오가는 데만 또 이틀이 걸렸다. 벌써 사흘 후면, 또다시 촬영에 들어가야 하는 빠듯한 일정이라 돌아가야 한다.

대신, 저녁은 영미 씨와 재익이 형이 그렇게 먹고 싶어 하던 치즈가 트리플로 들어간 느끼한 치즈 파스타를 먹었다.

솔트 레이크 시티에서의 마지막 식사였다.

8장
명장의 아름다운 은퇴작

한국으로 돌아온 나는, 이틀 내리 휴식을 취했다.

일주일도 채 걸리지 않은 일정이었지만, 17시간씩 장시간 비행기를 타본 것은 처음이라 많이 피곤했기 때문이다.

그리고 비행기에서 두 번, 세 번이나 반복해서 읽은 박진우 연출이 차기작으로 쓴 시놉시스와 시나리오를 떠올렸다.

[79/100](+9)

확실히 상업적인 목표를 세우고 썼기 때문일까. 아니면 아직 수정 단계를 거치지 않은 미완성 대본이기 때문일까.

이것도 물론 훌륭하지만, 〈양치기 청년〉의 임팩트에 비하면 어딘가 부족한 느낌.

하지만 박진우 연출이니까, 그를 믿고 시작할 수 있겠지만, 우선 당장의 판단은 보류하기로 했다.

어차피, 아직은 기획 단계일 뿐이니까.

휴식이 끝나고, 영화 〈이선〉의 촬영이 있는 이른 새벽 아침. 졸린 눈을 비비며 방배동 오피스텔을 빠져나와 '이동형 침대'라고 이름 붙인 탈라리아M의 좌석 문을 열었다.

뜨끈뜨끈한 내부 공기가 잠을 더욱 부추긴다.

쓰러지듯 자리에 앉아 수면 안대를 뒤집어쓰려던 찰나.

투머치토커 재익이 형의 말에 몰려오던 잠이 확 달아나는 기분을 느꼈다.

"네? 누가요?"

"주원이, 임주원. 회사에다 요청했다더라. 자기도 차 바꿔 달라고."

"……."

사돈이 땅을 사면, 꼭 이렇게 티를 내는 사람들이 있다.

그렇게 배 아프셨어요?

"엄청 칭얼대는 모양이야. 재계약 안 하겠다고 으름장도 놓고."

최근 송문교도 중국 활동을 시작했다.

부자는 망해도 삼대가 먹고 살고, 배우는 망해도, 중국이라는 좋은 도피처가 있다.

송문교는 중국에서 또 한 번 재기를 노리고, 임주원은 여전히 내 뒤를 쫓아오려 바득바득 이를 악물고 있다.

하지만.

"저 한숨 잘게요."

그다지 위협적이지는 않은걸.

새로 장만한 내 이동식 침대에 대한 관심은 전주 촬영소에 와서도 계속되었다.

"이야, 요즘 애들 활동할 만하네."

유경성 선배님은 부러운 듯 중얼거리셨고, 이태리 역시 눈을 빛내며 강아지처럼 눈을 끔뻑였다.

"……!"

그리고 주먹을 꽉 쥐어 보였는데.

마치, '반드시 나도 저런 차로 바꾸겠습니다!'라고 다짐하는 것 같았다.

총 두 대의 밴에서 스텝 다섯 명을 거느리며 당당하게 등장하던 〈피서〉의 조승희 모습이 떠올랐다.

나는 아직 그 정도는 아니지만, 적어도 이태리는 나를 보며, 비슷한 생각을 하는 듯 보인다.

잘해야겠다는 부담감이 마구마구 드는걸.

"미국은 어떠셨습니까? 조캣맨이랑 사진도 찍으셨던데!"

이태리가 말했다.

'조캣맨.'

참, 그 사람. 국내 팬들에게는 조 씨 배우로 익숙했지.

촬영이 없는 요 며칠 사이에 미국에 다녀왔다는 소식은 이미 SNS를 통해 한국에 파다하게 퍼져 있던 터라, '조캣맨'과 밥을 먹었다는 이야기도 그다지 비밀스러운 주제는 아니었다.

"좋았죠. 영화제를 많이 다닌 것은 아니었지만, 통틀어 가장 제 취향이었어요."

"우와……!"

리액션 한 번 크네.

분장실 의자에 앉아 한참을 떠들고 있었는데.

-준비 끝났습니다.

세트 준비가 끝났다는 무전이 들려왔다.

"갈까요?"

"네!"

이태리는 걸어가는 와중에도 연신 입술을 부르르 떨며 풀고 대사를 외우는 둥, 열심히 하는 모습을 보여주고 있었다.

내가 물었다.

"준비 많이 하셨어요?"

"예?"

"전에, 각오하라고 하셨잖아요."

장난스럽게 웃자, 이태리는 쑥스러운 듯 얼굴을 붉혔다.

"으아…… 잊어주십시오오."

많이 긴장한 모양이다.

나는 여유롭게 미소 지었다.

"우리 같이 잘 맞춰봅시다."

연출부를 따라, 전주 영화 촬영소의 실내 세트장으로 들어섰다.

안에는 사방이 창틀과 창틀 사이가 크로마로 뒤덮여 있는 으리으리한 편전과 영조의 침전, 동궁의 복도와 방들이 거대하게 지어져 있었다.

또 하나의 새로운 세상이 눈앞에 펼쳐졌다.

분장팀이 내게 달려와 마지막으로 수염을 붙이고, 휴대폰으로 찍어놓은 사진과 비교해 세밀하게 연결을 맞춘다.

이태리는 눈빛을 바꾸며, 배역에 집중하려고 노력하고 있었다.

지금 촬영할 장면은, 사도 입장에서는 기이할 정도로 배타적이고 이기적인 모습을 보이는 혜경궁 홍씨와 감정적으로 맞붙는 장면이다.

자신에게는 무서울 정도로 차갑고 냉담한 시선으로 외면하지만 외가(外家)와 자식 걱정에는 목숨 걸고 매달리는 부인에 대한 서운함이 필요하다.

나는 눈을 감고 대사를 가볍게 중얼거렸다.

"나를 짐승으로 생각하면서, 짐승에게서 나온 자식은 어찌
그리 걱정하는가."

임창태 감독은 뿌듯함을 숨길 수 없었다.

"너무 좋아! 바로 다시 가자고!"

사극은 기본적으로 여배우에게 그리 친절한 장르가 아니
다. 특정 인물을 제외하고는 주류 배우가 남자일 수밖에 없기
때문. 거기다 촬영 현장 역시 다수가 남자 배우다.

젊은 여자가 많이 등장하지 않는 사극의 경우, 신인 여배우
라면 기가 죽을 수도 있는 무대다. 기라성 같은 선생님들이 즐
비한 곳, 그렇기에 이태리를 캐스팅한 것이다.

이유는, 싹싹해 보였고 어른들에게 불편하지 않고 서글서글
하게 다가갔으며 또 연기에 있어서도 도전하려는 욕구가 용감
해 보였기 때문이다.

"감독님이 제대로 보셨는데요?"

임창태 사단의 일원인 오디오 감독이 옆에서 중얼거렸다.

칭찬하는 대상은 이태리, 이태리는 자신이 가지고 있는 능력
치를 최대한으로 끌어올리며 '혜경궁 홍씨'를 연기하고 있었다.

어떻게 보면, 잔인할 정도로 매정한 인물. 이토록 잔인할 수 있는 이유를 명확하게 캐치하여 호감과 비호감 사이를 아슬아슬하게 외줄을 탄다.

"그렇지. 제대로 봤지."

하지만 임창태 감독이 만족한 부분은 이태리가 아니라 그 맞은편에 앉아 있는 도재희였다.

'……도와주고 있어.'

도재희.

도재희는 대사를 완벽하게 숙지한 상태로 캐릭터를 '요리'하며 이태리의 연기가 자연스럽게 나올 수 있도록 '조절'해 주고 있다.

동궁 침전.

이태리, 아니, 혜경궁 홍씨가 표정을 딱딱하게 굳혔다.

"의복을 정제하고 가서 전하를 뵈십시오."

자식 된 도리로 아버지에게 인사를 드리지 않았으니, 어서 옷을 차려입고 인사를 올리라는 부인의 말이다.

하지만 이선은 넋이라도 나간 광인(狂人)처럼 허공을 주시하며 말했다.

"마음 둘 곳이 없어 외로웠고, 내 항상 아버지의 사랑이 그리웠네. 또한, 자네의 품 역시."

홍씨가 단호하게 말했다.

"스스로 자초한 일입니다, 스스로 자초한 일을 어찌 남에게 넘기시옵니까."

"그래, 내 자초한 일이지. 궁색한 모습을 감추지 않았고, 편히 살고자 속에 치미는 대로 살았네. 그렇기에 떳떳했지. 이게 내 모습이야. 자네가 외면했던 내 본 모습. 어떤가? 이래도 나를 짐승이라 할 텐가?"

"……."

"대답하기도 싫은 모양이군. 세손을 데려오게. 내 할 말이 있으니."

한 치 앞도 물러서지 않는 대화.

어떻게 저 모습을, 데뷔 2년 차 배우라고 할 수 있겠는가.

베테랑이 따로 없다.

이태리의 리액션이 넘치려 하면 대사로 눌러주고. 감정이 부족하면 어미를 강하게 쳐내며 억지로 리액션을 끌어낸다.

이태리에게 부족한 캐릭터 이해도를, 멱살을 잡고 도와주는 것이다.

본래 연기란, 한쪽이 너무 뛰어나도 그림이 살지 않는다.

그런 면에서 본다면 지금이 아주 딱 좋은 상태.

"세손은 지금 감기 기운이 있어……."

"자식을 아비에게 보여주기도 싫다는 말인가? 그래. 그럼 대신 전해주게. 아비의 선택은, 스스로 꼭두각시가 될 생각이 없었기 때문이라고."

동궁 세트 내에서는 사도세자가 담담하게 뿜어내는 무게감만으로 아지랑이가 피어오를 정도였다.

-오케이!

오케이 사인이 떨어지고, 이태리는 큰 숨을 골라내며 심장에 손을 얹었다.

이태리 자신도 알고 있었다, 방금도 NG를 낼 뻔했다는 사실을.

홍씨라는 인물은, 가벼이 연기할 수 없는 복잡한 내면을 가진 인물이다. 방금 신도 NG가 나와도 할 말 없는 상황이었다. 하지만 도재희가 한 움큼 떠먹여 주었다.

그런 이태리에게 유경성이 다가왔다.

유경성도 척 보고 눈치챘다. 순간, 혜경궁 홍씨의 동공이 흔들리는 것이 아니라, 이태리의 동공이 흔들렸다는 것을.

찰나의 순간이었지만 도재희가 정신 차리라고 채찍질하지 않았다면, 그대로 NG가 나왔을 것이다.

"끌끌, 힘들지?"

'힘들지?'라는 질문을 곧이곧대로 받아들인 이태리가 고개를 저었다.

"괘, 괜찮습니다."

그러자 유경성이 말했다.

“아니, 버거울걸? 그러니까 넘어서려고 하지 말고 잘 이용해
봐. 굳이 부술 필요 있나? 부드럽게 받아들일 건 받아들여야
지. 지금처럼.”

그 말에 이태리는 아차 싶었다.

‘……알고 계셨구나.’

‘힘들지?’라는 말은 도재희를 말한 것이었다. 그때, 곁을 지
나던 홍봉한, 강삼재 같은 배우들도 다가왔다.

이들이 이태리에게 말했다.

“이건 유경성 씨 말이 맞지. 구렁이 담 넘듯 술술 이용해 보
라고.”

“그래. 받아들여서 흡수하는 것도 실력이야. 잘하고 있어.
잘하고 있는 애 너무 기죽이지 말라고. 껄껄.”

후배들의 연기라는 매개체로 유경성과 다른 배우들 의견이
처음으로 일치한 순간이었다.

냉랭한 촬영장 분위기에 녹색 신호탄을 쏘아 올리는 좋은
징조지만, 이태리의 머릿속은 복잡하기만 했다.

어쩌다 각오하라고 큰소리쳤을까. 열흘간의 촬영을 무사히
끝냈다는 안도감에 취해서 그랬던 것 같다.

이태리는 여유로운 얼굴로 임창태 감독님 옆에서 웃고 있는
도재희를 바라보았다.

‘넘지 못하면, 이용하라고…….’

주먹을 꽉 쥐고 자리에서 일어났다.

얼른 정신을 추스르고 다음 장면을 준비해야 했다.

영화 촬영 일정 때문에 로테르담 영화제가 열리는 네덜란드로 날아가지는 못했지만. 그 덕분에 어느새 영화는, 막바지 촬영까지 이어졌다.

제목이 사도세자에서, 〈이선〉이라는 이름으로 바뀌었던 것처럼. 나는 '세자'가 아닌, 아버지의 사랑을 받지 못한 '아들'의 감정선에 집중하여 연기했다.

사극은 '곡선'이다.

직선처럼 방방 튀지 않으려고 노력하는 데 중점을 두고, 배우들 간의 조화를 끌어내려고 노력했다.

하지만 이선의 캐릭터는 쉽게 다가가려고 하면 품고 있는 그 방대한 에너지 때문에 확 튀게 된다.

잘 정제하여야 기품 있는 칼이 되듯 조심스럽게 연기해야 했다.

어떤 남자 배우가 보더라도 탐낼 만큼 매력적인 역할, 셰익스피어의 햄릿을 탐하듯 연기할 게 많은 배역.

"아무것도 없구나. 네놈을 죽여도, 이 울화통은 가시길 않는구나."

광소와 비소가 적절하게 섞여 있고 가슴 한구석에 있는 공허함과 막막함. 속 시원하게 털어놓을 곳 하나 없는 공포가 배역 자체를 지배하고 있다.

쏴아아아아!

동궁전 뒤뜰.

강우기에서 뿜어내는 억수 같은 비를 맞으며 괴성을 내질렀다.

"으아아아아아아!"

절그렁!

손에서 떨어진 검에는 피가 흥건하게 묻어 있고, 뜰 바닥에는 영조의 내관인 강삼재가 죽어 있다.

"쥐새끼…… 같은 놈"

머릿속에서는 천둥과 벼락이 울린다. 나는 내 머리 위에서 나를 내려 보고 있는 지미집 쪽으로 시선을 던졌다.

하늘, 비.

세상을 씻어 내릴 기세로 억수 같은 장대비가 쏟아지고 내 얼굴과 옷을 적시지만 이 허한 마음 달랠 길이 없다.

빗소리를 뚫고 어디선가 들려오는 북소리가 머릿속에서 울린다.

둥! 두두둥 둥! 두두둥! 두둥!

징, 지잉, 징지, 잉!

쉿소리가 선두 역할을 하고, 정박에 두드려지는 징 소리에 맞춰 봇물 터지듯 창이 터져 나왔다.

"죽은 세자 아아! 이기보단."

쿵! 쿵, 쿵!

덩! 덩, 덕!

"살아 생전! 빈껍데기로오 살았으니!"

굿 장단이 점점 빨라진다.

"한! 순간 도오! 산 백성으로. 자식으로 오오."

무빙 카메라는 내 주위를 빙글빙글 돌기 시작했다.

굿 장단 속도에 맞춰, 빠르게 도는 카메라.

나는 바닥에 떨어진 칼을 주워들어 발작적으로 위로 튀어 오르고. 내 머릿속을 두드리는 뇌성보화천존에게 발악하듯 소리쳤다.

"죽기밖에? 더 하랴아아아!"

단 한 순간도 살아 있는 인간 '이선'이지 못했던 삶에 대한 통렬한 외침. 소리로 한(恨)을 뿜어내자, 안광이 희번덕거린다.

통렬하게 외치고 있다.

거기 듣는 이 아무도 없소?

나는 꼭두각시가 아니오.

"나는 그리 살기 싫소."

하지만 이 간절한 외침은 끝끝내 닿지 못했다.

역사가 기록한 가장 비극적인 가족사, 러닝 타임의 절정에 치

달은 영화는, 돌고 돌아 오프닝 타이틀 첫 장면으로 돌아왔다.

뜨거운 뙤약볕이 내리쬐는 여름 낮의 정전 앞.

무릎을 꿇고 있는 이선, 그 앞에서 아들을 무표정하게 내려다보고 있는 영조.

"죽으라."

검과 함께 자결하라는 명이 내려졌다.

하지만, 어찌 죽을 수 있겠는가.

해가 저물 때까지 이어진 실랑이의 끝은.

"뒤주를 대령하라!"

궁에 도무지 어울리지 않는 커다란 뒤주. 그리고 그 안에 구겨지듯, 빨려 들어가며.

"사, 살려주십시오!"

발악하는 나.

"으아아아아아앙!"

세손의 울음소리가 들려오지만, 그보다 혜경궁 홍씨의 시리도록 차가운 눈빛이 가슴에 비수로 날아와 꽂힌다.

'왜, 아무 말이 없소?'

"죽으라. 네가 죽어야, 이 나라가 산다."

'아, 내가 죽기를 원하는 사람이 이리도 많구나.'

아들의 울음소리가 더욱 커지지만, 그보다 더욱 두려운 소리는 시체가 누워 있는 관에 정을 내려치듯, 내 머리 위 뒤주에 망치질하는 소리.

쾅! 쾅! 쾅!

'두렵다. 나는, 대체 뭐란 말인가? 시체인가, 이미 죽어버린 껍데기인가?'

팔 하나도 제대로 펼 수조차 없는 이곳에 갇혀 계속해서 뒤주를 두드렸다.

"아, 아버지."

쾅쾅쾅쾅쾅!

하지만 들려오는 대답은, 더욱 강해지는 망치질 소리.

울음이 터져 나온다.

"사, 살려…… 주십시오……."

그 울음 끝에서 또 한 번 소리가 울려 퍼졌다.

구슬픈 노랫소리는 이내 울음으로 변질되었고, 궁 전체를 울렸다.

곡소리만 가득했던 이선의 마지막 팔 일.

여덟 시간도 아니고, 이선은 여드레 동안 뒤주에 갇혀 있었다.

그 원통함을 내 어찌 이해할 수 있겠냐마는.

지금 이 순간만큼은, 조금이라도.

그래, 조금이라도.

도재희의 소리에는 마음을 찌르는 알맹이가 있었다.

수준급은 아니지만, 여긴 판소리 경연장이 아니지 않은가.

설움이 담겨 있다. 한(恨)이 담겨 있는 그의 목소리에는 사람의 마음을 뒤흔들어 눈물을 빼낼 힘이 있었다.

임창태 감독은 귀신에라도 씐 듯 무시무시한 연기를 펼치는 사도세자의 모습을 보며 생각했다.

'마지막…… 이구나.'

은퇴작.

필름 영화부터의 시작부터 함께했던 임창태의 영화 인생은 어느새, 필름 시대의 종말을 지나 멀티 디지털 시대의 중심에 서 있다.

파란만장했던 한국 영화의 산증인.

그가 마지막에 선택한 대본과 배우.

모니터를 보고 있자니, 자다가도 벌떡 일어날 것 같은 쾌감을 느꼈지만 어딘지 모르게 가슴 한구석이 무거웠다.

'이제 끝이구나.'

현장에서 느낄 수 있는 살아 있다는 생동감을 더는 느낄 수 없다. 더는 이 뜨거움을 가장 가까운 자리에서 지켜볼 수 없다.

그게 가장 아쉽다.

은퇴를 번복해서라도 한 작품을 더 찍고 싶지만, 또 막상 돌이켜보자면 이 영화에 쏟아부은 것만큼 더 찍을 수 있을까.

노력에 대해서는 그 어떤 후회도 없으니까.

임창태 감독 자신만의 장기인 '영상미'와 '깊이'도 담겼고, 지난 수십 년의 영화 인생에서 익힌 모든 노하우가 총망라되어 있다.

하지만 왜 마음이 무거운 것일까.

어쩌면 지금 저 믿을 수 없는 주연배우 때문인지도 모르겠다. 모니터를 뚫고 나올 것 같은 독한 눈빛의 이선은, 고작 다음 신에서는 시들시들 평상 위에 널브러진 시래기처럼 푹 절어버렸다.

그의 눈에선 생기를 찾아보기 힘들었고. 정말 며칠 동안 뒤주에 처박혀 있던 사람 같이 느껴졌다.

'다시는 볼 수 없겠지.'

다음에도 또 보고 싶은 연기라는 생각이 들었다.

삼십 년 전, 〈봄에 마실 물〉을 통해 유경성을 데뷔시켰을 때 느꼈던 그 희열보다 더 큰 희열. 저 배우와는 꼭, 다시 작품을 하고 싶다는 욕심. 예술가로서의 그 '욕심'이 거장의 마지막 작품에 대해 미련을 낳고 있다.

하지만 결국에 임창태 감독은 메가폰을 꽉 움켜쥐고 외칠 수 있었다.

"크랭크 업!(촬영종료)"

"수고하셨습니다!"

모두의 외침이 부안 영상테마파크 전체가 떠나갈 듯 울려 퍼졌다.

그리고 임창태 감독은 흐르는 눈물 한 방울을 훔쳐내며 뒤주 속에서 걸어 나오는 자신의 주연배우를 바라보았다.

"……."

자신이 독점하지 않더라도, 누군가는 꺼내서 다듬어낼 원석, 아니, 이미 빛나는 보석인가.

욕심부리지 말자. 저 배우는, 후배들의 유산이다.

"껄껄, 오늘은 진탕 마실 테니 말리지 말어."

그리고 자신의 곁을 십수 년간 지켜온 조연출을 향해 웃어 보였다.

아들 같은 남자다. 조연출은 피식하고 고개를 끄덕였다.

"알겠습니다, 감독님."

오늘만큼은, 마셔도 좋겠지.

매번 느끼지만, 이별은 항상 힘들다.

3개월 가까이 함께 미친 듯이 달려온, 감독님 휘하 스텝들은 말할 것도 없고.

"선배! 수고하셨습니다!"

"아이고! 아쉽다, 아쉬워."

이태리, 유경성 선배같이 함께 극 중에서 호흡했던 동료 배우들도.

마지막으로.

'이선'과의 이별 역시, 마찬가지다.

'배역과의 이별? 그게 뭐라고' 생각할지도 모르지만 매 순간이 아쉽게만 느껴진다.

그가 입던 의상, 그의 화법, 그만이 품고 있던 에너지.

'오케이!'라는 말 한마디로 끝나버리는 그 순간의 찰나.

이제는 카메라 속에만 남아 있는 내가 쏟은 '이선'에 대한 기억들. 최근 모든 시간을 아낌없이 영화 〈이선〉 하나에만 쏟아부었다.

시원섭섭하다는 말이 딱 들어맞는 순간, 이 시간의 끝을 기억하는 방법은 단순하다.

"한잔하자!"

술 한잔하면서, 또 되새기는 거지.

전주 영화 촬영소에서 멀지 않은 소고깃집에서는 전체 회식이 이어졌다.

초미의 관심사는 임창태 감독의 이후 행보였다.

"개봉 날짜는 상의해 봐야 하는데, 가장 유력한 것은 6월 말에서 7월이야."

임오화변. 1762년 7월 4일에 뒤주에 갇혀, 7월 12일 숨지기까지의 8일.

아무래도 그 날짜에 맞춰 개봉하고 싶으신 모양이었다.

그리고 끝.

"이제 쉬어야지 뭘 더해. 껄껄! 요트 타고 여행이나 다니고 싶군."

영화가 개봉되면 그의 인생에서 영화는 더 이상 직업이 아닌 취미로 남게 된다.

임창태 감독님은 말년을, 가족과 함께 여행하고 싶다고 말씀하셨다. 역마살이라도 낀 듯, 1년의 절반을 현장에서 보내며 가정에 충실하지 못했다는 말씀과 함께.

"우리 와이프, 호강시켜 줘야지. 껄껄!"

내가 부디, 그의 마지막 은퇴작에 누가 되지 않길.

좋은 선물이 되었기를.

감독님, 고생하셨습니다.

이제부터 영화사 숲. 즉, 임창태 사단은 조연출이 이끈다.

조연출님은 그동안 입봉을 준비하며 써온 시나리오만 몇 개가 있다고 한다.

완벽한 바통 터치를 하는 셈.

"다음엔 제게도 기회를 주시겠습니까?"

조연출의 질문에 내가 웃었다.

"저야말로 잘 부탁드립니다."

모두의 시선이 내게 꽂혔다. 이들 모두 내게 공통적인 궁금증이 있었다.

“재희는 차기작 들어갔어?”

나는 고개를 저었다.

“아직요. 조금 쉬면서 천천히 고민해 보려고요.”

“그래. 고생 많았으니까 푹 쉬면서 천천히 해도 되지.”

“어떤 작품을 맡던, 재희는 잘할 테니까. 기대할게. 자자! 마시자고! 잔 들어요!”

“다들 고생하셨습니다!”

“고생하셨습니다!”

이 영화는 이제 숨을 고르고 진짜 도약을 준비한다.

나는 언제나 그렇듯. 한 발 뒤에서 도약을 기다리며 뛰는 동시에 올라탈, 다음 안장을 기다리겠지.

뭐가 될지는 나도 잘 모르겠다.

영화? 드라마?

우선은, 아무 생각 없이 조금 쉬고 싶다.

9장

도재희 쟁탈전

최근 케이블의 성장세가 무섭다. 아니, 이미 케이블 채널들의 성장세는 일찌감치 예고된 편이었다.

시청률 10%만 넘겨도 중박 이상은 했다고 평가받는 지상파 방송국도 시청률 한 자릿수를 더러 기록하고는 하는데, 몇 년 사이 케이블 채널에서 시청률 두 자리라는 기염을 토해내곤 했으니까.

일 년에 한두 작품씩은 꼭 메가 히트작을 내버린다.

지상파 방송 삼사에서는, 드라마로 시청자들의 눈길을 돌리기에 여념이 없다.

하지만 결과는 신통치 못했다.

1/4분기 시청률 전쟁에서는 승자도, 패자도 없었다.

오히려 케이블과 같은 시청률 한 자릿수 동률을 기록하며, 케이블 채널만 웃음 지었다.

이쯤 되면, 이젠 자존심 싸움이다. 이겨야 한다. 어떻게든 여름 분기에서는 반전을 꾀해야 한다.

이런 부담감에 수많은 단막극이 시장에 나왔다.

'훌륭한 작품'은 많다. 방송 삼사 모두, 1년 동안 쓸 수 있는 작품리스트는 이미 손에 쥔 상태다.

이제는 편성을 어떻게 따내는가가 관건이다.

아니, 그전에 더 중요한 것이 남았지.

"그래, 작품은 좋은데. 이거, 누가 할 건데?"

"……."

"얘기된 사람은 있어?"

누구와 하느냐. 어떤 배우가 이 작품에 뛰느냐.

얼마나 '급' 있는 배우를 드라마에 데리고 올 수 있느냐.

그게 더 중요하겠지.

뭐든 '인지도'가 중요하다. 흥행 스코어에 영향을 끼칠 수 있는 배우.

"후보는 많습니다. 임주원 씨도 이번에 공백기에 들어간다고 했고, 윤민우 배우도 중국에서 복귀했습니다. 또 재일교포 출신인데, 요즘 뜨는 박시현이라는 배우도 있고……."

"아니. 그건 나도 아는데!"

"아앗……."

작품이 많듯, 시장엔 배우도 많다.

하지만, 아무나 쓸 수는 없다.

투아웃 주자 만루 상황에서는 경쟁력이 입증된 '선수'가 필요하다.

"도재희는?"

〈피서〉가 예상외로 고전하긴 했지만, SBC 〈청춘열차〉 시청률 1위, MKC 〈숨 닿을 거리〉 시청률 1위. 이번 분기에 그보다 확실한 실적을 거둔 배우는 흔치 않다.

"아, 이번에 영화 촬영 끝났다는 소식은 들었습니다."

"나도 알아, 아니까 묻는 거 아냐? 그럼, 도재희 데려와."

"아, 이미 L&K에 알아봤는데, 도재희 씨 지금은 휴식 중이라고……."

"그 말뜻이 뭔지 몰라서 그래? 개런티 올리자는 거잖아."

정말 휴식이 필요할 뿐인데, 이런 식으로 곡해해서 듣는 사람들이 있다.

시장의 구조가 원래 이런 것인가? 아, 연애도 똑같지.

원하는 사람만 더 애가 탈 뿐이다.

"올려도 좋으니 무조건 캐스팅해 와."

"그게, 경쟁자들이 많은 터라……."

이런 의견은 비단, 방송국 하나, 제작사 하나의 의견이 아니다.

방송 삼사뿐만 아니라 대표적인 케이블 방송국 TV-K 역시 마찬가지다.

"그래도 데려와! 무조건!"

2019년, 가장 기대되는 초특급 유망주.

도재희를 잡기 위한 '캐스팅 전쟁'이 시작되었다.

나는 재익이 형과 집에서 함께 박스를 뜯는 일에만 열중했다.

지익! 부우우욱.

요 며칠 집에서 잠만 잤더니, 재익이 형은 내가 아픈 건 아닌가, 의심된다며 집을 찾아왔다.

어마어마한 양의 소포 박스와 함께.

"이게 다 뭐예요!"

"다 네 거야. 팬들이 보낸 선물들. 사무실에 너무 쌓여서 날 잡고 들고 왔지."

[매력이 도졌다. 배우, 도재희 팬 카페.]

팬 카페 회장 '도재희도졌다리'.

회원 수가 무럭무럭 자라 어느새 1만 명을 돌파한 내 팬 카페.
이미, 영화 〈이선〉의 촬영 현장에 커피차를 보낸 적도 있다.
공식 팬 카페로서 역량을 인정받은 이곳 회원들이 단체로
L&K 사무실로 보내온 선물들이다.

오빠 촬영 끝 축하드려요!
팩 꼭 하고 주무세요! 피부 관리 하셔야죠!
사랑해요. 오빠 ㅠㅠ

고가 물건으로는 로봇 청소기부터 쇠고기, 인삼주, 청심환
등등 다양하다. 소소하게는 라면, 로즈마리 같은 식재료부터
얼굴 팩, 코 팩, 발 팩 온갖 종류의 팩까지.
그나저나, 발 팩도 있어……?
한동안 집 밖에 안 나가도 좋을 만큼 그 종류가 매우 다양
했다.
아이돌도 아니고 이제 서른인데 이런 선물도 다 받다니.
팬 만세, 아니, 만만세다.
"청심환이라니. 연기하기 전에 쓰라고 준 건가? 뭘 잘 모르
네. 우리 재희는, 긴장 따위 안 하는 배우인데."
"왜 그래요? 제 팬한테."
"어라? 눈물도 있네? 이런 건 필요 없는데 말이지."

인공눈물 점안액도 있다.

음. 저건 필요 없지만, 어쨌든 만세!

"형, 식사 안 하셨죠?"

"안 했지. 출근해서 짐 싣고 바로 왔으니까. 밥이라도 해주게?"

"해드릴까요? 시킬까 했는데."

"오, 요리도 할 줄 알아? 그럼 해 먹자."

"그럴까나……."

요리는 못하지만, 일전에 흡수했던 영화 대본이 〈마스터 쉐프(Master Chef)〉였다.

요리를 자주 해본 적은 없지만, 몇몇 레시피만큼은 머릿속에 있다는 말씀.

마침, 좋은 소고기도 있겠다. 선택한 것은 스테이크 덮밥.

머릿속에 떠오르는 레시피대로 요리했다, 서툴지만 천천히.

치이이익!

채끝살을 소금 간 하고 적당히 구운 뒤, 먹기 좋은 1자 형태로 잘라 뜨끈뜨끈한 밥 위에 올린다. 흰 쌀이 보이지도 않을 정도로 양껏. 그 뒤에는 양파, 마늘, 로즈마리를 간장 소스에 가볍게 조린 뒤 밥 위에 뿌려주면 완성.

취향에 따라 오리엔탈 드레싱 소스도 곁들이면 좋고, 후추, 소금, 간장 소스만으로 심심하게 먹어도 좋다.

비주얼은 봐줄 만한 수준이지만, 역시 요리는 어렵다.

“오, 간 딱 좋다.”

하지만 재익이 형의 반응은 나쁘지 않았다.

“생각보다 요리 잘하네? 이런 건 언제 배웠어?”

“저 자취하잖아요.”

“맨날 시켜먹는 거 다 아는데 무슨.”

하하, 변명이 좀 후진가.

“그냥 고기 굽고 야채 볶아서 비벼 먹는 수준인데요, 뭘.”

적당히 넘기고 음식에 집중했다. 확실히 고기가 부드러우니까 술술 넘어간다. 밥 한 그릇을 뚝딱 비우고 식사를 마치고 나자 재익이 형이 물었다.

“언제까지 쉴 생각이야?”

나는 빙그레 웃으며 답했다.

“언제 물어보시나 기다리고 있었네요.”

휴식 기간은 길지 않았다. 4일 정도. 하지만 재익이 형은 몰려드는 전화에 몸살이 날 것 같다고 말했다.

“요새, 방송 삼사 드라마 다 죽 쑤고 있는 거 알지?”

“전부 시청률 한 자리 숫자라고 했나요.”

“맞아. 신년이라 그런가보다, 대수롭지 않게 넘겼던 것치고는 벌써 3월인 데다 케이블 드라마 시청률은 계속 올라가고 있거든.”

한 마디로 비상이라는 건가.

"여기저기서 들어온다. 너 섭외 관련 전화."

"……."

"이게 하루 이틀 일도 아니지만, 이번엔 좀 심상치 않아. 개런티 올리기 딱 좋은 기회기도 하지."

프로는 돈에 움직인다. 그게 과하다면 문제가 있지만, 내 드라마 개런티는 아직 톱스타들의 절반에도 못 미치는 수준이다.

올릴 때가 되었다는 건가.

재익이 형이 가방을 뒤적거리며 말했다.

"일단 시놉시스 몇 개 챙겨왔거든? 읽어볼래?"

드라마라.

나는 고개를 저었다.

"생방은 좀 피하고 싶은데요."

드라마는 생방이다. 힘들고 체력 관리가 힘들다는 명목도 있지만, 무엇보다 스케줄 관리의 어려움이 걸린다.

실질적인 이유는 내 '능력'이 통하지 않기 때문이지만.

난 이제부터 성공할 가능성이 있는 작품만 골라낼 것이다.

하지만 그만큼 선택의 폭이 좁아지겠지.

이를 걱정한 재익이 형이 물었다.

"그럼 영화만 할 거야? 너 드라마 부모님이 보시는 것 때문에 좋아했잖아. 그게 아니면, 사전제작은 어때?"

"사전제작……."

사전제작 드라마라면 이야기가 다르지.

기본적으로 16부작의 원고가 완성된 상태에서 촬영이 들어간다. 그리고 촬영이 끝나면, 방영이 시작된다.

100억 이상의 제작비가 들어가는 블록버스터 드라마의 경우, 보통 이에 해당한다.

"지금 준비 들어가는 거 있어요?"

"3/4분기. 시간이 좀 촉박하긴 한데, 있어. SBC."

하지만 단점도 명확하다.

'사전제작은 망한다'라는 속설이 있을 만큼 한국에서 흔하지는 않은 시스템. 쪽 대본은, 시청자의 반응을 확인하며 시청률이 떨어지는 기미가 보이면 수정할 수 있지만, 사전제작은 찍은 그대로 뚝심 있게 16부작 내내 가는 거다.

작품성을 높일 수 있다는 장점이 있지만, 그 장점이 시청률이 저조할 수 있다는 단점에 묻혀 퇴색되어 버린다.

그리고 결과가 말한다.

사전제작 드라마가 10개의 작품이 있다면, 한두 개의 작품 정도를 제외하면 모두 '망'했다.

그만큼 성공 가능성이 희박하다.

재익이 형이 재차 물었다.

"일단, 읽어볼래?"

나는 대본을 받아들었다. 그런데 이 작가, 이름이 낯설지가 않다.

사전제작 드라마는 망할 확률이 높다는 '불확실성'을 안고 움직인다.

하지만 나는 다르다. 나는 이 불확실성을, 어느정도 배제할 수 있다.

SBC에 미니시리즈의 '여왕'이 강림했다.

〈요원 Mr.블랙〉, 〈구월동 팽자매〉, 〈상속남녀〉로 연이은 메가 히트를 거두며 스타작가 반열에 오른 미니시리즈의 여왕, 박혜숙 작가.

근래 활동을 멈추고, 강연과 심사위원 활동을 주로 해오던 그녀가 근 3년 만에 〈신데렐라 신드롬〉 이라는 대본을 들고 방송가에 야심 차게 복귀했다.

완결까지 대본이 나와 있는 상태지만, 상세한 내용은 비밀리에 붙여진 상황. 하지만 시놉시스는 비교적 상세하게 나와 있었다.

유명 동화 신데렐라를 각색해 재벌과 대기업 여사원으로 설정하여 한국적인 상황으로 재창조해 낸 극은 뻔한 클리셰라고

하지만, 이 또한 시청자의 절대다수가 원하는 내용이다.

박혜숙 작가는 새로운 트렌드를 만드는 작가는 아니다.

대중의 취향을 완벽하게 파악하고, 이들의 입맛에 맞는 글을 쓰는 작가다. 이전 작품들 모두가 그랬다.

"반응 살벌해. 작가가 박혜숙이라고. 못 먹어도 고라는 소리지. 드라마 안 하겠다고 선언했던 S급 배우들도, 사전제작이라는 말에 모두가 주시하는 작품이야."

그랬기에, 대중들의 입맛에 맞을지 불확실한 16부작 완결 원고에도 열광하고 믿고 찍으려는 것이다. 캐스팅디렉터의 말에 의하면, 거론되는 배우들은 모두 S급 배우들이고, 이미 접촉하고 있는 배우들도 상당수 있다고 한다.

그리고 그 급에서부터 차이가 난다.

"임주원? 물론 작년에 핫 했지. 근데 주원이는 후보 5순위에도 못 들어. 지금 거론되고 있는 사람들은 주태호, 임강백 같은 배우들."

작가 박혜숙.

주연배우는 같은 조모임 멤버인 연기파 배우 주태호나 〈삭제〉의 촬영을 끝내고 휴식기일 임강백 같은 최소 데뷔 5년 이상 정상의 문을 두드리는 '톱스타급'이 거론될 정도면 라인업만큼은 1, 2년 사이, 역대급 드라마가 될 것은 분명하다.

그런 재익이 형이 뿌듯한 얼굴을 숨기며 말했다.

“근데, 캐스팅 보드 1순위는 너야.”

“네?”

“조금 과장 보태서 방송 삼사, 아니, 케이블까지. 지금 들어가는 종편이든 편성 예정이든. 전부 다 널 찾는다고.”

단순히 기대되는 유망주가 아니라 드라마에서 최근 확실한 ‘성과’를 거둔 배우.

물론, 약간의 ‘거품’도 끼어 있을 것이다. 실력에 대한 거품이 아니라, 매체를 막론하고 얼굴을 자주 비추다 보면 인지도에 대한 거품이 끼게 마련이니까.

“일단은 푹 쉬면서 시놉시스 훑어보고 괜찮은 작품 있으면 말해 줘.”

어쨌든, 칼자루가 내게 쥐어졌다는 말.

하지만.

<신데렐라 신드롬> [76/100](-2)

터무니없이 낮은 완성도에 -2. 마이너스?

이제껏 이런 수치는 본 적이 없다. 전혀 구사할 줄 모르는 중국어라든가 액션을 소화해야 한다든가. 하다못해 소리를 이용한 장르에서도 본 적 없었던 수치. 이 정도면, 이 드라마는 나와 전혀 다른 상극이 아닐까 싶을 정도다.

자연스럽게 내 시선은 박혜숙 작가의 〈신데렐라 신드롬〉이 아닌, 다른 곳으로 향했다.

"케이블…… 이라."

케이블 방송사인 TV-K의 3/4분기 사전제작 드라마.

〈시간의 띠〉

드라마 사상, 성공한 사례를 찾아보기 힘든 '로맨스'를 배제한 드라마. 공소시효가 모두 지나 끝끝내 미제로 남은 연쇄살인 사건. 뫼비우스의 띠처럼 절대 만날 수 없는 시공간을 꿈에서 볼 수 있게 된 형사의 이야기. 드라마에서는 언제나 고전을 면치 못하던 미스터리 스릴러 장르. 그런데 작가가 더 충격적이다.

작가 정이연.

"응? 작가님이 여기서 왜 나와?"

인터넷을 검색해 기사를 살펴보았더니, 〈숨 닿을 거리〉를 통해 자신의 주가를 한 번에 띄운 정이연 작가는, 능력을 인정받아 TV-K에 고액 개런티로 입성한 것이다.

"대단하네."

정 작가는 자신의 커리어를 탄탄하게 쌓아가고 있다. 하지만, 여성이 주 타깃이 되는 드라마에서 로맨스가 배제된 미스터리라니. 나는 이 궁금증을 해소하고 싶었다.

"……"

대본은 사전제작의 '불확실성'이 느껴지지 않을 만큼 나와의 궁합도 너무 훌륭하다.

나는 콧등을 긁적이며 고민에 빠졌다.

능력은 아니라고 말했지만, 파급력은 엄청난 스타작가의 흥행보증 드라마 복귀작. 첫 작품에서 대박을 쳐냈지만, 차기작에는 물음표가 떠오르는 신인 작가.

대본을 읽어보면 결정은 쉬울 텐데.

내가 말했다.

"조금 생각해 볼게요."

"왜, 하겠다니까?"

"아, 그게 알아보고는 있는데……."

"뭐야, 나 지금 까인 거임?"

"……."

영화에서는 무조건 주연, 힘든 드라마는 하지 않겠다고 공언할 수 있을 정도의 인지도와 영향력에 영화 개런티 최소 4억 이상. 가끔 감독들과의 인연 때문에 우정 출연을 한다면.

'와 방금 OOO 나왔지?'

그 신을 완벽하게 스틸해 가는 급의 톱스타들.

자신이 움직일 수 없는 드라마 판은 없다고 자부하는 이들의 마인드는 '내가 그 드라마 한번 도와줄게'다.

'박혜숙'이라는 여왕벌의 꿀 냄새를 맡고 달려들었으면서, 섭외 단계에서만큼은 온갖 고고한 척을 다 한다.

"드라마? 내가 도와주지 뭐."

하지만, 〈신데렐라 신드롬〉은 의외로 섭외 장벽에 가로막혔다.

스타들 몇몇이 섭외를 역으로 던지며 관심을 보였지만, PD와 제작사 측에서는, 여전히 '섭외 진행 중'이라는 의견을 고집했다. 확답을 주지 않는 것이다.

도재희의 잠재적 경쟁자들, 지금은 도재희보다 개런티가 한두 발 앞서 있는 급의 배우들은, 이 예상치 못한 캐스팅 난항에 황당해하며 죄다 물만 먹었다.

"왜?"

물론, 대놓고 묻기엔 민망하니까 매니저들을 시켜서 묻는 거다.

"박 작가님, 이번에 드라마 들어가신다면서요? 캐스팅 상황 어때요? 저희가 도와드릴 부분은 없어요? 아, 저희 작품 기다리는 배우들 많죠. 형민이도 있고, 주성이도 있고.”

“…….”

하지만 돌아오는 대답은.

“조금만 기다려주시겠습니까? 아직 감독님 의견이 정리가

안 되어서요.”

조금만 기다려 달라는 캐스팅디렉터의 말이다.

이쯤 되면, 자존심에 스크래치를 입을 정도다.

“누군데? 도대체 누구를 찔러보고 있는 건데?”

도대체 누구를 찔러보고 있기에, 자신들을 거절하는 것인

가. 캐스팅디렉터는 왜 이름을 말해주지 않는 것인가.

섭외 후보가 누군지 말해주지 않는다는 것은, 자신들보다

‘후배’일 가능성이 높다.

조승희 정도 되는 거물이라면, 이름을 먼저 불렀겠지.

‘조승희급을 원해서 힘듭니다’라고.

“누군지 알아봤어?”

“알아보고는 있는데, 이게…… 또 확실한 건 아니고.”

“누군데?”

“소문에 의하면…… 도재희라고 하는 것 같기도 하고.”

“도재희? 그 신인?”

신인이라고 하기엔, 이제는 어색해져 버린 커리어지만 콧대

높은 이들에게 도재희는 아직도 눈엣가시 같은 신인일 뿐이다.

"으, 응. 근데 소문일 뿐이야."

"도재희한테 내가 밀렸다고?"

그리고 이런 눈엣가시는, 의외로 쉽게 사람들에게 상처를 입힌다.

사실 가장 답답한 쪽은, 도재희의 연락을 기다리는 〈신데렐라 신드롬〉의 연출팀이었다.

"아직 연락 없어?"

"네."

"왜?"

"······그게······."

"작가가 박혜숙이야! 썼다 하면 두 자릿수 시청률 제조기라고! 그런데 고민을 해?"

"······."

여기다 화를 내면 어쩌자는 건지.

"사전제작 드라마는 하겠다고 했다면서. 또 시놉시스는 봤다며!"

"예. 매니저 말로는 집에서 밥 먹으면서 같이 봤다고······."

"근데 뭐래? 재미없대?"

"딱히 그런 말은……"

"허! 작품 보는 눈이 그렇게 없나?"

시놉시스를 보았지만, 확답은 없다?

연출과 작가 입장에서는 의아할 수밖에 없는 노릇, 하지만 CP며, 제작사의 강력한 어필이 있었다. 도재희를 주연으로 쓰고 싶다고.

감독 본인도 마찬가지다.

연기력 하나로 자기보다 윗 배우들을 모조리 눌렀다는 소문은 이미 방송가에 파다하다. 그렇기에 화난 기색을 누그러뜨리며 말했다.

"왜 이렇게 비싸게 굴어? 회당 오천도 싫다는 거야?"

거의 곱절로 불어난 돈 때문도 아니다.

"더 필요하대? 일단, 제작 PD 불러서 돈 좀 더 쓰라고 해봐."

"개런티요? 어후, 그런 건 아닌 것 같은데……"

성급하게 개런티를 올리려는 수작도 더더욱 아니고, 〈신데렐라 신드롬〉의 메인 연출은, 의자에 앉아 한참을 고민하더니 잔뜩 구겨진 얼굴로 말했다.

"그럼 문병철이한테, 도재희 연락해 보라 그래."

SBC 〈청춘열차〉 문병철 감독.

"문병철……. 감독님이요?"

"그래! 도재희 '청춘열차'로 데뷔시킨 게, 문 감독이잖아. 아,

아니다. 내가 직접 말해야겠다. 문병철이 회사에 있나?”

그때, 삑삑삑삑. 삐비비빅.

현관 비밀번호 소리와 함께, 사무실 문이 열렸다. 캐스팅디렉터가 힘없이 사무실로 들어오고 있었다.

덜컹!

철문이 닫히자 SBC 〈신데렐라 신드롬〉 팀 오피스텔에는 적막함이 감돌았다.

캐스팅디렉터의 얼굴에서 불안한 기색을 느꼈기 때문이다.

감독이 물었다.

“뭐야……. 됐어?”

섭외 결판을 내기 전까지는 사무실로 들어오지 않겠다고 선언한 캐스팅디렉터. 그의 임무는, 배우들의 러브콜을 뿌리치면서 어떻게든 도재희를 따오는 것이었다.

“안 됐어?”

그는 전투에서 연달아 깨지고 깨진 패장의 얼굴을 하고 있었다.

“아! 됐어요, 안 됐어요?”

“후우. 실패했습니다.”

“에잇! 젠장!”

연출이 손에 들려 있던 종이 파일들을 집어 던졌다.

파르르륵!

종이 뭉치가 창가에 때 이른 벚꽃처럼 사무실에 휘날린다.

"이유가 뭐랍니까?"

"……모르겠습니다."

"하! 그 친구, 주변에서 칭찬이 자자하기에 계산이 빠른 친구인 줄 알았더니!"

공격적인 말들이 빗발친다. 그리고 캐스팅 실패 소식을 듣고 가장 열불을 토한 사람은, 박혜숙 작가였다.

"제 작품이 까였다고요?"

감독도, 작가도 성질이 불같고 자존심 세기로 유명한 SBC 전문 투견들로 유명하다.

도재희와 상성이 맞지 않는 또 하나의 이유일 수 있다.

"이런 건방진……. 누가 누굴 까?"

도재희 섭외가 실패로 돌아가고 나자, 뒤도 돌아보지 않고 욕지거리를 퍼붓는다.

"섭외 리스트 다시 가져와요! 남들은 못해서 안달인 작품을, 이제 데뷔한 지, 이 년 된 햇병아리가 어딜 감히……."

섭외 리스트가 최상단에 위치한 도재희의 이름에 빨간 줄이 벅벅 그어졌다.

"지워버려."

다시 리스트가 작성되었다. 리스트에 올라있는 이름만 봤을 때, 별들의 잔치나 다름없다.

일반 미니시리즈에서도 최우선으로 고려되는 배우 톱 세 명 정도. 별 기대는 하지 않은 채 찔러보는 경우가 많은 인지도 높은 배우들. 그런 이름들이 즐비하다.

"이 친구는?"

"됩니다. 지금 제 전화 기다리고 있어요."

"응? 그럼, 주태호 씨는요?"

"매니저 지금 1층 카페에서 대기 중입니다. 퇴근하기 전에 제 얼굴 꼭 보고 가겠다고."

"……뭐야. 도재희 빼고 다 하겠답니까?"

섭외 제안보다, 오히려 입소문을 타고 역으로 섭외 문의가 더 많이 들어온 희대의 관심작품. 하겠다는 배우들은, 그야말로 줄을 섰다. S급 배우들을 데리고 농담이지만, 오디션이라도 봐야 할 판국에 거절한 배우는 도재희뿐이다.

"예. 그래서 이상하다는 거죠. 어떻게 이런 작품을 거절하는 거죠?"

캐스팅디렉터도 이런 적이 없었다는 듯, 모자를 벗어 정수리를 벅벅 긁어댔다.

이제는, 도재희에게 밀려 자신들의 순위가 2순위 3순위로 밀려났다는 이야기가 배우들 귀에 들어가지 않기만을 바랄 뿐이다.

"뭐야 대체……."

대화 도중 또 열불이 난 감독은 냅다 펜을 집어 던지며 소리 질렀다.

"도대체 이유가 뭐야!"

재익이 형이 물었다.

"이유가 뭐야?"

〈신데렐라 신드롬〉을 선택하지 않은 이유야 확실히 말할 수 있다.

"사람들 관심이 살벌한 만큼, 현장 분위기도 살벌하겠죠."

주위의 기대치가 높은 만큼, 강박관념에 시달리고 있을 확률이 높다. 사전제작을 선택하는 의미가 퇴색되어 버린다.

또 이미 높을 대로 높아진 '파워 작가'의 권위와 문병철 감독보다 훨씬 심각한 트러블 메이커라는 소문이 자자한 감독 사이에 작업하고 싶지 않았을 뿐이다.

"근데 안 아쉽겠어? 시청률 15%는 먹고 들어갈 텐데."

"네. 별로."

물론, 이는 회사에 말한 보여지는 이유일 뿐이고 가장 큰 이유는 내가 본 능력에 근거한다.

〈신데렐라 신드롬〉에는 거품이 너무 많이 껴있다. 작가가 특급 흥행작가라는 점과 사전제작이라는 '편안함'이 배우가 몰리는 '과열' 현상으로까지 이어졌다.

이름값만 믿고 16부 완고 대본을 모두 제대로 검토하지 않았을 확률도 높다.

또한 기대치가 너무 높다. 생각보다 성적이 높지 않을지도 모른다. 내가 진단한 바는 그렇다.

나는 대신, TV-K의 〈시간의 띠〉에 주목했다.

"근데, 괜찮겠어?"

"뭐가요?"

"장르. 미스터리 스릴러잖아. 이제껏 드라마에서 100억 이상 들였던 액션 드라마나, 전쟁 드라마도 로맨스 없이는 죄다 물 먹었다고. 남자들은 드라마를 잘 안 보거든."

이 드라마의 가장 큰 장점은 엄청난 몰입감, 한번 보면, 절대 다음 화를 보지 않을 수 없는 그런 몰입감일 것이다.

그만큼 완성도가 있는 작품이다.

나는 고개를 끄덕였다.

"그건 걱정 안 해요."

이유는 잘 모르겠다. 마치 '영화' 같은 이야기에 나조차 '보고 싶다'는 마음이 끌려 버렸다.

장르를 둘째 문제로 두자면 흥미로운 소재, 실력 있는 작가, 거기에 배우까지, 흥행을 위한 삼박자가 모두 맞아떨어진다.

〈신데렐라 신드롬〉에 뒤지지 않는 빵빵한 자금력으로 내게 강력하게 러브콜을 보내오고 있다는 점도 마음에 들고.

"도재희 배우님 생각하면서 쓴 글이라, 다른 사람은 안 됩니다!"

정이연 작가 특유의 확고한 어필도 마음에 들었다.

단 한 가지 극복할 수 없는 단점은 케이블이라는 점인데, 재익이 형이 딱 잘라 말했다.

"케이블인 게 걱정이면, 그 부분은 걱정하지 마. 요즘 케이블은 흠도 아니니까."

확실히 케이블 채널에 대한 인지도도 매해 상승하는 추세고, 개런티는 오히려 지상파 방송사보다 좋은 편이다. 게다가 장면 연출에 있어서도 제약이 덜하다.

하지만 예능이 아닌, '드라마'는 여전히 지상파의 벽이 높은 것이 현실이다. 케이블에서 5%만 넘어도 대박, 10%는 신기록이라는 말은 괜히 나오는 말이 아니니까.

내가 드라마에 만족하는 의사를 내비치자, 재익이 형도 결심한 듯 말했다.

"케이블에서 신기록을 찍어보는 것도 나쁘지 않지. 지상파를 넘어선 케이블! 그 중심에 있는 도재희, 좋은데?"

"……일단, 미팅 한번 해볼까요?"

TV-K 사옥이 있는 곳은 판교. 경기도지만, 어지간한 서울보다 가까운 판교에 약속보다 일찍 도착해 카페에서 커피 여섯 잔을 사 들고 작가사무실이 있는 건물로 들어섰다.

그때, 우연히 정이연 작가와 마주쳤다.

"작가님?"

흰색 와이셔츠에 베이지색 자켓 마이. 딱 달라붙은 블랙 스키니 진에, 머리도 제법 길었다.

"도…… 배우님?"

정이연 작가는 나를 한눈에 알아보고는 놀랐다는 듯 걸음을 멈추었다.

"일찍 오셨네요?"

"네."

그러고는 어딘가 불편한 표정으로 엘리베이터 앞에 서 있는 우리에게 걸어왔다.

또각또각.

대리석 바닥과 부딪히는 단화 소리가 그녀의 심리 상태를 말해주고 있다. 어딘지 모르게 조급해 보이는 기색도 한몫한다.

내가 물었다.

"어디 불편하세요?"

그러자 정이연 작가는 얼굴색을 황급히 바꾸며 말했다.

"아, 아뇨. 그게……. 여기서 마주칠 줄 알았으면 청심환이라도 먹고 올 걸 그랬네요."

청심환?

"왜요?"

"속이 조금 울렁거려서."

"제가…… 불편하신가요?"

"아, 그런 것은 아닌데 작년과는…… 상황이 여러모로 다르
니까요."

이제는 같은 작품에서 으쌰으쌰 하던 관계가 아니다.

어느새 설득해야 하는 입장이 되어버린 작가와 선택하기만
하면 되는 배우. 둘 사이의 간극은, 지난 반년 사이에 더 벌어
져 있었다.

"그나저나 미팅에 응해주서서 너무 감사합니다."

"아, 저야말로 감사합니다."

어색한 분위기는 아니었다.

단지, 자리가 사람을 바꾸었을 뿐. 사적인 대화보다는, 공적
인 대화가 주를 이루었을 뿐이다.

함께 들어선 사무실에는 감독님과 제작 PD, 보조 작가들이
앉아 있었다.

가운데 앉아 있는 남자가 바로, 박상인 감독, SBC에서 입봉
을 했지만, 고액의 개런티로 스카웃 제의를 받아 TV-K로 넘어
온 실력 있는 40대 감독이다.

그가 내게 악수를 청했다.

"하! 여기서 뵐 줄은 몰랐습니다. 일단 앉으시지요."

대화는 빠른 속도로 진행되었다.

이 자리는 〈시간의 띠〉에 나를 캐스팅하기 위한 설득의 자리. 이들은 자신들이 케이블이라는 점이 시청률에 발목 잡을 수 있음을 인정했지만, 오히려 케이블이 장점으로 작용할 수도 있다는 점을 어필했다.

"저희는 장르나, 연출 기법 등에 구애를 받지 않습니다. 지상 파보다 규정이 약해요."

그 결과가 바로 〈시간의 띠〉다.

"화성 연쇄 살인사건을 배경으로 했던 영화나 연극, 드라마 는 이미 많죠. 하지만 저희는 여기에 '꿈'이라는 매개체를 접목 했습니다."

꿈을 이용해 과거를 오가며, 주인공이 행동한 범위로 현실 이 바뀐다. 덩달아 과거도 함께 바뀐다.

"이 과정을 통해 과거의 잘못된 범죄를 바꾸는 겁니다. 그런 데, 처음에는 좋았지만 현실의 많은 것이 바뀌는 것을 깨닫게 되죠. 자신이 꿈을 손대면 손댈수록, 걷잡을 수없이 이 사회가 바뀌어 갑니다."

흥미롭다. 확실히 케이블만이 할 수 있는 드라마로서의 '도

전'인 셈이다.

어쩌면, 3/4분기 미니시리즈는 방송 삼사의 전쟁이 아니라 SBC 〈신데렐라 신드롬〉과 TV-K의 〈시간의 띠〉가 정면으로 맞붙는 싸움이 될지 모르겠다는 생각을 했다.

클리셰를 제대로 사용한 대중적인 음식이냐, 아니면 쉐프가 처음 공개한 어디서도 본 적 없는 신 메뉴냐.

물론 장르적인 가치에서만. 시청률은 확실히 지상파가 우세하겠지.

제법 호기심이 동했다.

하지만, 내가 원한다고 드라마가 곧바로 들어가는 것은 아니다.

"편성은 어떻게 됩니까?"

재익이 형의 질문에 박상인 감독이 한숨을 쉬며 말했다.

"아직 확정되지 않았습니다."

"그럼, 섭외 현황을 알 수 있겠습니까?"

"그것 역시 확정된 바가 없습니다."

재익이 형이 눈살을 찌푸렸다.

"그 말씀은, 저희가 처음입니까?"

"네."

"……"

재익이 형이 의외라는 듯 물었다.

“왜요?”

“음, 우선 국장님의 기대가 상당합니다. 정이연 작가가 대본을 워낙 잘 뽑아주었기 때문이죠. 그렇기에 캐스팅에 공을 들이고 있는 상황입니다. 아무나 쓸 수는 없으니까요. 그런데 저희가 접촉하고자 했던 배우들은 모두 저희 드라마를 외면하고 있는 상황이죠.”

케이블드라마에, 마이너한 장르까지. 특히 로맨스가 배제되었다는 것이 결정적인 이유일 것이다.

나 역시, ‘정이연’이라는 이름과 ‘완성도’를 보지 않았다면 하겠다는 마음을 먹지 않았을 테니까.

“거기다 SBC에 박혜숙 작가가 복귀하지 않았습니까. 이름 있는 배우들은 죄다 거기로 눈길이 가 있는 상태죠. 저희 완전 찬밥 신세입니다. 모든 준비가 끝났는데, 배우가 없어서 슛을 못 들어가는 겁니다.”

상황이 정리가 된다.

눈은 높아서 S급 배우들을 캐스팅 하고 싶지만, 캐스팅이 쉽지가 않다. 편성 예정 날짜를 받지 못하는 것도, 촬영이 늦어져 어쩌면 뒤로 밀려날 수 있는 여지가 있기 때문일 것이다.

“SBC 〈신데렐라 신드롬〉과 정면으로 붙어서 승산이 없다는 판단이 들면, 방송 일정 자체가 뒤로 밀려날지도 모릅니다. 정말 솔직하게 말씀드리는 겁니다.”

그러면서 박상인 감독이 한숨을 내쉬었다.

"후, 제가 설득을 해야 하는데, 거짓말을 할 수는 없으니 오히려 이렇게 부정적인 말씀만 드리게 되네요. 답답합니다."

그러면서 눈치를 본다.

그때, 정이연 작가가 당당한 목소리로 말했다.

"그래서 저희에게 꼭 도 배우님이 필요한 겁니다!"

이 낭랑한 외침에 나와 재익이 형, 박상인 감독까지 벙한 얼굴로 정이연 작가를 바라보았다.

"……."

"……정 작……."

하지만 정이연 작가는 굴하지 않고 당당하게 말했다.

"도 배우님이 캐스팅되었다는 이야기가 퍼지는 순간! 모든 상황은 바뀔 겁니다. 관심 없던 배우들도 관심을 가지겠지요. 그렇지 않겠습니까 감독님?"

"어? 어, 어, 그렇지."

박상인 감독이 고개를 폭풍처럼 고개를 끄덕였고, 정이연 작가가 주먹을 불끈 쥐었다.

"그래서 저희에게 도 배우님이 꼭 필요합니다!"

"……."

아무래도, 청심환을 먹고 온 것 같지?

미팅이 끝나고 차 안에서 우리끼리 투표가 시작되었다.

재미있겠다는 의견 2, 재미없겠다는 의견 1.

근데 의외로, 재미없겠다는 의견은 재익이 형이었다.

"내가 말한 대로 케이블인 점은 문제가 아니야. 근데, 그 어떤 유명 배우도 선택하지 않은 작품이라는 게 걸려. 실패할 게 뻔한 작품이라고 다들 생각하는 거잖아. 이유가 있을 거라고."

실패할 작품에 굳이 열과 성을 쏟아 3, 4개월을 날리며 커리어에 오점을 남기느니, 보다 확실한 작품을 선택해 성공적인 커리어를 이어가자는 것이 재익이 형의 말이었다.

그래. 어쨌든 맞는 말이다. 재익이 형은 철저하게 'L&K' 입장에서 배우 도재희가 잘되길 바라는 마음으로 하는 말이니까.

그때, 대중적인 여성들과 취향이 완벽히 다른 영미 씨가 반박하며 〈시간의 띠〉에 한 표를 던졌다.

"전 재미있을 것 같은데요? 저라면 볼 듯."

그러자 재익이 형이 이때다 싶어 물고 늘어졌다.

"봐 봐! 영미 씨가 재밌을 것 같다고 했지? 분명 들었지? 그럼 망해. 확실하다고."

"……뭐라는 거야. 실장님! 제 눈이 어때서요?"

"영미 씨 취향은 완전 매니악하다고. 밤마다 B급 좀비 나오는 오컬트 영화 보면서. 요즘 여자들이 누가 그런 거 봐?"

"뭐라고요!"

“…….”

나 역시 이 상황이 일반적이지 않다는 것은 인정한다.

모두가 하고 싶어 안달 난 작품을 내가 외면했고, 모두가 외면한 작품을 내가 하고 싶어 하는 이 아이러니.

하지만, 이와 비슷한 상황은 이미 겪은 적이 있지 않은가.

〈피서〉는 418만이라는 훌륭한 성적을 거두긴 했지만, 손익분기점을 2만 명 차이로 넘기지 못했고, 〈양치기 청년〉은 선댄스, 로테르담을 돌고 돌아 전주와 극장가에 자리 잡기 직전이다.

아이러니, 세상일은 눈에 보이는 대로 돌아가지 않고, 항상 의외의 반전을 낳는다는 이 아이러니.

“그래도, 재희 네가 하고 싶다면 하는 거지 뭐.”

그래. 어차피 결정은 내가 한다.

이틀 후, 판교의 TV-K 〈시간의 띠〉 사무실에 놀라운 소식 하나가 날아들었다.

“하, 하겠다는데요?”

“응? 누가, 재희 씨가?”

“네, 네!”

"됐어!"

〈신데렐라 신드롬〉 사무실과는 판이하게 다른 반응, 하지만 공통된 의견은 역시, 종이 뭉치가 잔뜩 날아들었다는 사실이다.

허공을 나르는 종이에 적혀 있는 것은, 눈을 낮춰 현실적으로 섭외가 가능한 배우들의 이름이었다.

박상인 연출이 보기만 해도 화가 치민다는 듯 말했다.

"이거 전부 세절시켜 버려!"

"네!"

그리고 박상인 감독은 곧바로 정이연 작가에게 문자를 보냈다.

-감독님 : 섭외 성공!

다음 행보는 거침없었다.

"제작 PD님은 L&K 홍보팀 연락해서 보도자료 어떻게 낼 건지 상의해 주시고! 민식아! 섭외 명단 전부 가져와!"

내부 조연출과 캐스팅디렉터가 다시 회의 테이블에 앉았다. 섭외 명단에는 최소 '유아름' 이상 급의 스타 명단들이 대거 나열되어 있었다.

하지만 이제껏 모두 섭외에 실패한 배우들.

하지만, 도재희가 주연이라는 사실이 이들에게 들어간다면?

"좋아, 해보자고."

상황은 바뀔지도 모른다.

박상인 연출은 형광펜으로 거침없이 배우 이름 위에 덧칠하기 시작했다.

"여기도, 여기도, 여기도! 싹 다 연락 새로 돌리자고요! 미팅 새로 잡자고!"

모처럼 사무실에 활기가 돌기 시작했다. 도재희가 출연한다는 사실만으로, 캐스팅에 연달아 실패를 거듭하던 지난날과는 아예 다른 결과를 가져올 것이다.

편견을 깬 반전! 반격의 시작!

박상인 감독은 그렇게 믿어 의심치 않았다.

··· 10장 ···

내 선택에 대한 확신

[박혜숙 작가 차기작! 〈신데렐라 신드롬〉. 완벽한 재벌 2세, 현실 왕자님! 박시현×윤민우 전격 캐스팅!]

내가 캐스팅을 거절한 지, 만 하루가 지나기도 전에 〈신데렐라 신드롬〉의 캐스팅 기사가 올라왔다.

박시현과 윤민우.

메인 남주는 영화배우 박시현이 맡고, 서브 남주로는 나와 〈피셔〉에서 한 번 맞붙었던 윤민우가 캐스팅되었다.

"진짜 이 작품 하려는 배우들, 번호표 뽑고 기다렸나 보네. 어떻게 네가 거절하자마자 그 날 밤에 기사가 나가냐?"

1순위가 물러나자 기다렸다는 듯이 캐스팅 확정.

캐스팅도 의외의 캐스팅이다.

박시현은 2011년 〈대수롭지 않은 수요일〉이라는 드라마 이후 줄곧 영화만 찍던 배우다. 즉, 데뷔 이후 8년 만의 드라마 복귀인 셈이다.

거기다, '서브 남주'임을 알고서도 들어갔다는 한류스타 윤민우까지, 나보다 절대 못하다고 볼 수 없는 유명 배우들.

드라마에서는 보기 힘든 귀한 조합에 팬들은 난리가 났다.

[박시현×윤민우 벌써부터 풍겨오는 훈훈한 향기.]

'인지도 파워'라는 사과를 화살촉에 매달아 활시위를 당겨 버린 캐스팅 기사는, 드라마가 1 테이크 숏도 돌지 않았음에도 불구하고 폭발적인 관심을 받았다.

〈신데렐라 신드롬〉과 아무런 상관도 없는 나를 향해 재익이 형은 자랑스럽다는 듯 말했다.

"이런 배우들보다, 더 위에 있었던 거야! 네가."

"……."

그러게.

요즘 안 그래도 이 문제 때문에 한창 시끌시끌하다.

내가 속해 있는 배우들 단체 톡방만 해도 여러 개다.

'조모임', '청춘열차', '피셔', '숨 닿을 거리', '이선'.

이곳에 속해 있는 배우들은 연예계에 전반적으로 폭넓게 걸쳐 있고, 서로가 서로에게 얽히고설켜 넝쿨을 형성한다.

당연히 소문은 빠르게 돈다.

배우들 사이에서 박혜숙 작가의 차기작은, 이미 뜨거운 이야깃거리였다.

'이거, 섭외 보류 났다던데. 누가 할까?'

그리고 박시현×윤민우를 보류시킨 주인공이 '나'라는 사실은 암묵적으로는 비밀이었지만, 이미 알 만한 사람들은 다 아는 얘기가 되어버렸다.

'재희, 진짜 거절했어?'

'왜 거절한 거야 도대체?'

'정말? 와, 저거 무조건 될 작품 아냐?'

나는 굳이 해명하지 않았다. 어차피 곧 알게 될 이유이기 때문이다.

그리고 오래 지나지 않아, 박상인 연출과 L&K 홍보팀에서 정리하고, 오채연 기자가 쏘아 올린 화살 한 방으로 모든 것이 정리되었다.

[TV-K 사전제작 드라마, 〈시간의 띠〉 주연, 도재희 확정.]

띠링, 띠링, 띠링!

평소에는 제각기 바쁜 일상 때문에 쉽사리 울리지 않던 연기자 단체 톡방이 계속해서 울린다.

알림을 꺼놓았더니, 순식간에 300+로 찍혀 버린다.

소윤, 김균오, 박청아, 조승희, 배명우, 유아름, 이태리.

나와 함께했던 주조연급 배우들이 전부 난리가 났다.

-조승희 : ????

-배명우 : 왜???

-유아름 : 대체 왜!????

-김균오 　: 형! http://starmagazine.co.kr/view.php?no=9872 이 기사, 진짜예요? 루머죠?

"……."

이런 반응을 예상 못 했던 것은 아니지만, 마치 상종 못 할 작품이라도 들어간 반응에 조금은 섭섭하기까지 했다.

내가 사람이라도 죽였어? 이거, 왜들이래.

-유아름: 오빠. 정이연 작가님이랑 인연도 있고, 색다른 도전 하고 싶은 건 이해는 하는데. 조금 무리수 아니에요? 지금 좋은데, 왜 굳이?

물론, 이해는 한다. '로맨스'를 배제한 채 웰메이드 작품을 노리던 드라마들의 말로를 우리는 잘 알고 있기 때문이다.

하지만, 이건 말이야. 사전제작 드라마 대본 중, 가장 높은 '완성도'를 자랑하는 대본이라고요.

그렇다고 내 눈에만 보이는 것들을 말해줄 수도 없고.

나는 손가락을 바쁘게 움직였다.

-도재희: 전 좋습니다!

세간의 시선들에 반전을 먹이기 위한 〈시간의 띠〉의 연기자 캐스팅은 한창 바쁘게 달아올랐다. 성과도 바로 나타났다.

처음부터 섭외 물망에 있던 A급 연기자 몇몇이 호감을 보이기 시작한 것이다.

"도재희 씨 확정이라고 기사 나갔던데, 사실인가요?"

"네! 맞습니다."

"아, 그럼 언제 사무실 한 번 들를까요? 진행 상황 좀 들어보고 싶은데."

"네, 그럼요. 언제든 오세요."

"내일 오후 2시 어떠신가요?"

"두 시요? 음, 그때는 미팅 일정이 잡혀 있는데……. 저녁은

힘드실까요?”

누구와 미팅을 한다는 거지? 설마, 경쟁 배우?

일종의 눈치싸움이 벌어졌다.

“그럼, 오늘 갈게요. 괜찮으시죠?”

누가 먼저랄 것도 없이 다시 접촉을 시작했다. 이제는 〈시간의 띠〉를 긁지 않은 복권 정도로 생각하는 매니지먼트도 하나둘 나타나기 시작했다.

‘도재희가 들어갔다고? 걔 안타만 계속 치는 애 아냐? 시놉시스 다시 줘 봐.’

‘혹시 모르잖아? 이번에는 걔 후광 좀 업어서 터질지.’

방송가에 던져진 ‘도재희’라는 이름의 미끼에 슬슬 입질이 오기 시작한다.

이렇게 배우 이름 하나로, 분위기가 바뀌는 경우는 많다.

절대 크랭크인 들어가지 못할 것 같던 영화도, 톱스타 한 명만 잘 꼬시면 투자자들이 줄줄이 들어오는 곳이 이 바닥. 거기다, 〈신데렐라 신드롬〉을 걷어차 버리고, 선택한 대본이라는 소문도 함께 불어오니.

“다시 알아봐. 여주 지금 누구누구 찔러보고 있는지.”

“황지애 집어넣고, 신인들 몇 명 꽂아 넣으면 어떤지 딜 좀 해보자.”

어제는 못 보던, 아니, 보려고 하지도 않던 새로운 그림들이 보이기 시작하는 것이다.

그 강풍은 꽤 거셌다. 세부 협상이 남은 배우들이 몇 명 남았지만, 도재희를 제일 위에 올려두고 라인업을 주르륵 세워보니 얼추 그림이 나온다.

"이거, <신데렐라 신드롬>이랑 붙어도 안 꿀릴 것 같지 않아?"

2018년 가장 핫 했던 커플인 유아름×도재희.

2019년 현재, 가장 압도적인 남주 두 명. 박시현×윤민우.

이들에 비해 역대급은 아니지만, 그에 준하는 라인업이 꾸려지기 시작했다.

"꿀리지도 않을뿐더러, 기대 이상인데요."

오히려, 별 기대 없이 찔러보았던 배우들도 홀딱 넘어왔으니 톡톡히 효과를 본 셈이다.

"PD님, 제작비는 괜찮습니까? 개런티가 맥시멈인데요?"

"그럼요! 애초에 맥시멈 개런티로 이 정도 잡고 시작했는데요, 뭘. 개런티 걱정 마시고. 좋은 작품만 만들어주세요."

"하하! 시원시원해서 좋습니다!"

판교 사무실 분위기는 나날이 좋아졌다.

내 개런티는, 회차 당 오천만 원. 개인 타이틀 4관왕에, 찾는 사람이 많으면 값은 뛰게 마련이다. 개런티는 반년 사이에, 두 배 가까이 급상승했다.

비단 나뿐만이 아니라 L&K에서도, 내 이름을 〈시간의 띠〉에 넘겨주고 얻어낸 보상을 톡톡히 챙겨왔다.

"이번에 너 〈시간의 띠〉 들어가면서, L&K에 신인들 몇 명 끼워 넣어서 밀어주려고 하거든. 어때?"

내 협상 조건으로 회사에서 키우는 신인배우에게 자리가 생겼다.

조연 하나, 단역 두 개.

"물론이죠."

L&K에서 키우는 후배 밀어주기. 단순히 이 작품에서 L&K의 크기와 영향력을 불리려는 목적도 있지만, 현장에서 든든한 내 '편'을 만드는 일이기도 하다.

'도재희 라인.'

하지만 내 편이 누가 되느냐에 따라서 판도가 갈리겠지. 내 편이라고 들어온 놈이, 알고 보니 속이 시커먼 적이었다던가.

아니면.

"문교…… 는 힘들겠지?"

"……."

중국 활동에 적응 못한 송문교를 조연에 집어넣는다던가.

"요즘 작품 없어서 힘들어하거든. 안 되겠지?"

"……."

잠시 생각해 봤다, 내 밑에 있는 송문교. 하지만 역시…….

나는 방긋 웃으며 말했다.

"당연히 힘들죠."

내 의중을 알아차린 재익이 형이 황급히 손사래를 쳤다.

"그래그래. 미안. 그냥 한 번 물어봤어. 지금 일없는 애들 많아. 다른 애 넣을 거야. 그러니 신경 쓰지 마."

굳이 똥물에 있는 속이 시커먼 놈에게 손을 뻗을 필요는 없다. 왜 굳이 '기회'라는 점을 부각해서 상대적 박탈감을 느끼게 해야 하는가.

지금도 충분한데.

[압도적 존재감, 황길강! 〈시간의 띠〉 섭외 확정!]

[그룹 Yoki-Girl 배소현, 연기자 이미지 굳히기 성공. TV-K 드라마 〈시간의 띠〉에서 도재희와 한 호흡.]

[김균오. 〈청춘열차〉 이후 도재희와 재회에 "재희 형은 진짜 배우. 영광, 감격." 단독 인터뷰.]

극단 '청라무대'의 대표이자, 인상파 배우로 유명한 황길강.

수많은 걸그룹 출신 중, 가장 성공적인 배우 커리어를 보내고 있는 국민여친 배소현.

〈청춘열차〉에서 한번 호흡을 맞췄던, 모델 출신 배우이자 10대들의 라이징 스타 김균오까지.

거기다, 짧고 비중 있는 악역들이 에피소드마다 하나씩 준비되어 있기에, A급 배우들의 카메오 출연도 줄줄이 예약되어 있다.

불과 열흘 전만 해도, 보이지 않는 벽에라도 막힌 것처럼 콱! 막혀 있던 상황이 단번에 타파되었다.

"해볼 만하다!"

그래서 그 어느 때보다, '대본 리딩 현장'의 분위기는 뜨겁게 고조되었다.

오전 9시 30분.

판교 사무실의 넓은 회의 홀에 모여든 배우들이 저마다 어색하다는 듯 인사를 나누었다.

"오! 재희 씨! 이야, 실물로 보니 더 잘생겼네."

'형사반장' 역을 맡아주실 황길강 선배부터.

"선배님! 으앗, 팬이에요!"

'여경' 역할의 배소현.

"형! 진짜, 오랜만이에요."

영혼의 듀오, 파트너 형사로 만난 김균오까지 이들을 이 드라마로 불러 모은 구심점 역할을 했기 때문일까.

내 등장과 동시에 어색하던 분위기가 부드러워졌다.

박상인 연출이 자리하고 본격적인 리딩에 들어가기에 앞서, 몇 가지 이야깃거리가 나왔는데 가장 뜨거운 주제는 역시 편성을 따내느냐 못 따느냐다.

"편성은 어떻게 될 것 같습니까?"

사전제작 드라마는 '불확실성'을 안고 간다. 흥행에 대한 여부도 그렇지만, 예정 시기에 방영이 안 되는 경우도 허다하다.

과거 사례들이 말해준다. 겨울에 찍은 전쟁 드라마를, 여름에 방영해 시청률을 토막 내버린다든가.

편성이 밀리고 밀려 3, 4년 뒤에 방영된 경우도 있다.

또, 아예 방송사에서 거절되어 다른 방송국을 알아봐야 하는 특수한 경우도 존재한다.

하지만 이 모든 것이 말끔하게 정리되었다는 듯, 박상인 연출의 표정은 밝았다.

"아마도, '신데렐라 신드롬'과 시기가 겹칠 것 같습니다."

즉, 애초에 예정되어 있던 날짜와 거의 흡사하다.

"금토 드라마로 편성될 것 같고. 지금 방영 중인 '러브 썸 아일랜드' 차차기 후속으로 들어갈 것 같습니다. 국장님 컨펌이니, 아마 확실할 것 같습니다."

모두의 얼굴에 안도의 기색이 스쳐 지나갔다.

"아, 정말 다행이네요."

"그러게 말입니다. 이거, 사실 좀 걱정했거든요. 사전제작이라고 하면, 이렇게 인식들이 안 좋아서 말이지요. 하하!"

"이게, 갑작스럽게 결정되었다고요?"

박상이 연출이 나를 바라보며 말했다.

"네. 덕분에요."

그리고 앞으로 시선을 돌렸다.

"제작사 쪽에서도 기대가 이만저만이 아닙니다. 훌륭한 배우분들이 너무 많이 모여 주서서요. 감사드립니다."

내게만 표한 감사 인사, 그리고 속 시원한 답변에 묵은 걱정들이 말끔하게 해소되자 리딩을 임하는 자세도 달라졌다.

"그럼, 시작해 볼까요."

나는 리딩에 앞서 16권의 대본을 바라보았다.

코팅 표지에 배우 '도재희'라고 새겨져 있는 나를 위한 대본. 많긴 많구나. 하지만, 숫자는 중요하지 않다.

이미 머릿속에 다 있는데.

"……."

음, 읽는 척이라도 해야겠지.

나이만 먹는 인간이 되지는 말자.

언젠가 다짐했던 말.

살아가면서 슬프고, 아프고, 시리고, 따뜻한 크고 작은 순간들을 모두 가슴 속에 품은 채. 배우로서 이를 기억하고 다짐하자며 되새긴, 나 자신과의 약속이다.

그렇게 순간순간들을 충실하게 보내고 나면, 무언가 달라질 것이라 생각했다.

하지만, 내 나이 벌써 서른.

작년과 무엇이 달라졌냐고 묻는다면.

"딱히."

〈양치기 청년〉은 전주국제영화제에서 관객들의 큰 호평을 받았고, 백상예술대상에서 〈피서〉를 통해 '남자 조연 연기상'을 수상했다.

2019년도 어느새 절반을 향해 달려가고 있고, 〈시간의 띠〉 촬영 역시, 절반 넘게 진행되었다.

여전히 내 일상은 바쁘게 돌아간다.

이렇게 외부적으로는 많은 것이 변했지만, 그 속을 들여다보자면 작년의 '나'와 올해의 '나'는 그다지 달라진 점을 찾기가 힘들다. 여전히 성공에 대해 불안함을 느끼고, 20대에 마구잡이로 들이받던 것처럼 혈기왕성하다.

30.5세의 도재희.

서른이 되면 뭐라도 조금 변할 줄 알았는데, 왜 그대로일까. 왜 이렇게 속이 갑갑할까.

내 나름대로 해답을 찾을 수 있었다.

'환경이 그대로잖아.'

호박이 호박밭에서 줄 긋고는 '나 수박이야!'라고 말해봐야 소용없듯 결국 '나'라는 인간은 변하지 않은 것이다.

영화 〈이선〉에서 홍봉한 강삼재 선배들이 그랬듯, 나이를 먹으며, 겉으로는 젠틀함을 '드러낼' 수는 있겠지만, 그들 역시 속에는 어린아이가 살고 있음을 확인하지 않았던가.

인정하자. 어린아이다.

나를 불편하게 만드는 상황들, 이 '달아오름'이 나를 어린 도재희로 만들고 있다.

대결 구도가 잡히기 시작했다.

"편성 날짜가 확정되었어요. SBC 쪽은 정확히 모르겠지만, 아는 기자 말로는 9월 첫째 주 월요일로 잡힐 예정이라고 합니다. 저희는 9월 6일 금요일."

"그럼, 같은 주에 맞붙는 건가요?"

"네. 변수가 없다면요."

‘SBC 〈신데렐라 신드롬〉’ VS ‘TV-K 〈시간의 띠〉’

같은 주에 동시에 브라운관에 공개되는 두 사전제작 드라마. 하지만, 언론들은 이 대결 구도를 가지고 시끌시끌하게 떠들지는 않았다.

기자들 다수가 “어차피 ‘박혜숙’ 아니겠어?”라는 생각으로 SBC 〈신데렐라 신드롬〉의 성공을 점쳤으니까. 오히려 〈신데렐라 신드롬〉과 맞붙는 KTN, MKC의 3/4분기 미니시리즈가 무엇이냐에 관심을 가졌다.

하지만 ‘뭐가 되었든, 박혜숙 작가 압승이지’라는 것이 기자들과 일반인들 사이의 중론이었다.

로맨스 없는 케이블 드라마. ‘도재희’가 있으니 눈여겨보긴 하겠지만, 글쎄……. 딱, 언더 독(Under dog).

〈시간의 띠〉의 성공을 점치는 사람은 극소수였고 자연스럽게 언론의 관심에서 자유로웠다. 그랬기에 지난 두 달간의 촬영은 겉으로는 조용한 듯 보였다.

하지만 ‘진짜’ 대결 구도는 이미, 촬영에 들어가기 전부터 이미 시작되고 있었다. 〈신데렐라 신드롬〉의 ‘박혜숙 작가’, 그녀가 계속해서 ‘싸움’을 부추겼다.

“도재희 개, 내 작품 까고 간 곳이 고작 케이블이야? 어이가 없네. 정말.”

원래 이 바닥, 영원한 아군도 영원한 적군도 없다고 했다.

내게 꽃다발을 들고 함께하자고 청혼하던 어제의 아군이, 잠시 등을 돌리자 뒤에서 칼을 들고 웃고 있다.

"그딴 드라마 같지도 않은 드라마에 밀려? 하, 자존심 상해서."

내가 자기 작품을 거절하고 케이블 드라마와 계약한 것을 빌미로, 박혜숙 작가는 줄곧 내 이름을 언급하며 싸움을 붙였다.

"사람 잘못 봤지 뭐. 그딴 대본 쓰는 작가나, 선택하는 배우나 결국, 그 나물에 그 밥이지."

면박을 주고, 자신의 작품을 선택하지 않은 내가 어리석다는 식으로 몰아가며 주변인들에게 물타기를 한다.

'침몰하는 배'에 비유하며, 반드시 필패할 드라마라고 오명을 뒤집어씌운다. 마치, '된통 깨져봐라'라는 식으로 내게 창피를 주고 싶어 안달 난 사람처럼 보였지만 언론에는 공개되지 않았다.

하지만, 알 사람은 다 안다. 일부러 내 귀에 들리도록 말했으니까.

소문을 접한 박상인 연출이 말했다.

"일전에 박혜숙 작가님 작품과도 접촉하셨다는 이야기를 들었습니다. 미팅도 하지 않고 거절하셨다는 얘기도."

"아, 네. 근데 그걸 어떻게……."

"아아, 저 SBC 출신이잖습니까. 그쪽 사정은 잘 알고 있습니다. 저 말년 조연출 때, 박 작가님 작품 같이했었습니다. 그게 박혜숙 작가님 데뷔작이셨으니, 7년 정도. 꽤 오랫동안 알고 지낸 셈이네요."

"아……."

"박혜숙 작가님. 실력 있는 스타 작가시죠. 그건 반박하지 못할 겁니다. 그래서 말입니다."

"……."

"그만큼 무서운 분입니다. 작가로서의 권위가 대단하신 분이죠. 히트작 몇 개 쓰시더니, 연출도 배우도 모두 자신의 아래로 보시는 분이에요. 지금 이렇게 유치하게 구시는 이유요. 자기 작품이 무시당했다고 생각하시는 겁니다."

박상인 연출의 말이 맞다. 의도적으로 나를 비롯한 〈시간의 띠〉 제작진의 성질을 긁어내고 있다.

재익이 형은 내게 조언했다.

"무시해. 저렇게 나올 거 대충 예상은 하고 있었잖아? 박혜숙 작가, 원래 입이 거칠기로 유명하거든. 그래 봐야 너한테 할 수 있는 일 없어. 뒤에서 욕하는 게 전부지."

교과서 같은 반응이다.

그래. 이렇게 뒤에서 수군거리는 것 말고는 박혜숙 작가가 내게 할 수 있는 짓이라고는 아무것도 없다. 오히려 손해를 보는 것은 박혜숙 작가 쪽일 테니까.

하지만, 그건 나 역시 마찬가지다. 찾아가서 대판 따질 수도 없는 일이고, 결국은 이렇게 속으로 삭일 수밖에 없다.

답답함.

"무조건 참아야 됩니까?"

"……어?"

"제가 피해자가 되어야 해요?"

이런 '불편한 상황'들이, 어른이 제대로 된 어른이 될 수 없는 이유가 된다. 세상에는 나이에 걸맞지 않은 어린아이들이 너무 많고, 그 어린아이들을 이기는 방법들은 대부분 너무 유치하기 때문이다.

같이 유치해지지 않으면, 어른이 될 수 없는 세계에 나는 살고 있다.

"참자. 더러워도 어쩌겠냐? 너만큼 힘든 사람이 감독님이고 작가님이야."

정이연 작가도 참 척박한 환경에서 싸우고 있구나 싶다.

잘나가는 신인 밟아 죽이려는 놈들은 어디에나 있고, 시기와 질투가 따라붙지 않는 곳이 없다.

"어쨌든 '박혜숙 작가' 덕분에 촬영장 분위기는 나쁘지 않잖아."

나쁘지 않지.

겪어보지는 못했지만, 87년 운동권 학생들이 이럴까.

우리 팀은 보이지 않는 어떠한 '응집력'으로 뭉친 듯했다.

힘들게 작품이 시작한 만큼, 반드시 퀄리티 있게 완성시키겠다는 집념, 절대 지지 않겠다는 동기부여. 그런 것들이 여기저기 엿보인다.

"이럴 때, 시청률로 누르는 게 가장 훌륭한 복수 아니야? 네 안목이 틀리지 않았다는 것을 증명하는 거지."

재익이 형은 이렇게 말하면서도 100% 확신하는 얼굴은 아니었다.

"쉽지는…… 않겠지만."

재익이 형은 여전히 이 드라마의 불확실함을 걱정하고 있다. 아니, 사실 이 불안함은 스텝들에게도 전반적으로 깔려 있다.

성공할 수 있을까.

이 두려움을, 가까스로 막아내고 있는 사람은 나와 박상인 연출, 정이연 작가 셋뿐.

"할 수 있어요."

나는 다짐하듯 말했다.

"형 말대로, 내 안목이 틀리지 않았다는 것을 보여줄게요."

그 날은 의외로 멀지 않았다. 그리고 생각보다 간단했다.

여름, 〈시간의 띠〉 촬영이 막바지로 치닫는 여름의 초입.

영화 〈삭제〉가 개봉했다.

지난해 겨울, 임강백이 주연을 맡았고 내가 특별출연으로 총 4회 촬영에 참여했던 작품. 캐릭터는 나름대로 임팩트 있었지만, 특별출연에 개런티도 이미 받은 작품이라 사실 이 영화의 흥행 스코어는 내 관심 밖이었다.

오히려 한 달도 남지 않은 〈이선〉의 개봉을 기다리고 있었는데 〈삭제〉의 이경우 연출은 내게 간곡히 부탁해 왔다.

-도 배우님, 스케줄 괜찮으시면 하루만 무대 인사에 참여해 주실 수 없겠습니까?

"예?"

-첫날 기자 간담회만이라도 부탁드립니다. 다들 도 배우님 참석 여부를 궁금해하고 있거든요.

특별출연일 뿐인데 왜, 무대 인사를 따라가야 하는 건가.

-부탁드리겠습니다.

"……."

거절하려고 했지만, 막상 감독이 직접 부탁을 해오니 마음
이 약해진다. 거기다.

-도재희 특별출연? 이거 때문에 본다.
-닥 도재희. 믿고 보는 도재희.
-임강백 VS 도재희 연기 배틀? 기사 제목 왜 이따위냐? 비교할 걸 비
교해야지.

생각보다 '나'를 기다리는 팬들이 많은 것을 확인하고 나니,
궁금하기도 했다.
'연기 배틀'
극장에 걸리는, 내 두 번째 영화의 반응이.
그래서 재익이 형에게 물었다.
"스케줄 조정 가능할까요?"
"음, 될 것 같아."
내가 참석 의사를 밝히자.
"된다고 하네요."
-감사합니다! 덕분에 살았습니다!
이경우 연출이 살았다는 목소리로 말했다.

영화 〈삭제〉의 무대 인사가 잡혀 있는, 영등포 OGV.

개봉은 어제 했고, 오늘부터 서울, 경기 일대의 영화관 몇 군데를 돌기 시작한다.

물론, 나는 오늘만.

오전에 영등포를 시작으로 오후 저녁에는 신사와 강남에서 마무리.

이경우 연출을 만나 간단하게 이야기를 나눴다.

처음 무대 앞에 서는 배우들은 임강백을 비롯한 주, 조연배우들. 그리고 영화를 보러온 나를 '특별 손님'처럼 불러내는 형식으로 진행하기로 한 것.

"좋습니다."

임강백에게는 고개를 숙여 인사를 건넸다.

"안녕하십니까."

"……."

하지만, 역시 인사를 받아주지는 않았다.

이래서 오고 싶지 않았던 것인데.

"상영 10분 전입니다! 입장하겠습니다!"

VIP룸에서 대기하다, 상영 10분 전이라는 이야기에 배우들과 함께 상영관 안으로 들어섰다.

"와."

빼곡하게 앉아 있는 극장 객석이 일순간 흔들렸다.

"와, 배우들이지?"

"도재희도 왔어."

하지만 그런 흔들거림은 광고에 금세 묻혔고, 주조연급 배우들은 앞 좌석 네 줄에 차례대로 자리하기 시작했다.

나는 영화에서 특별히 친한 배우가 없었기에, 세 번째 줄 가장 구석 자리에 적당히 자리를 잡았다.

그때, 누군가 내게 인사를 건네 왔다.

"맞죠?"

"……."

고개를 돌리니, 익숙한 얼굴이 눈에 들어왔다.

하지만 너무나 의외의 인물이라, 나오려던 말도 틀어막히고 말았다.

그러자 나를 보며 이죽이죽 웃는 남자.

"맞네."

박시현.

영화만 찍겠다고 선언했지만, 꿀 냄새에 이끌려 드라마를 선택한 남자. SBC '박혜숙 작가'의 〈신데렐라 신드롬〉에 내 '대타'로 들어간 데뷔 10년 차 배우.

"안녕…… 하세요."

내가 무표정하게 답하자 박시현이 피식, 웃으며 말했다.

"이거 의외네. 이 영화 나왔어요? 아니면, 지인으로?"

"……."

하지만 얼굴은 전혀 의외인 얼굴이 아니다.

마치, '일부러' 나를 찾아온 것 같은 느낌.

"아아, 난 강백이 형이랑 작품 여럿 같이했거든. 지인으로 초대받아서 왔어."

대답도 듣지 않고 묻지도 않은 정보를 너저분하게 늘어놓는다.

박시현은 내 옆자리에 앉으며 말했다.

"같이 봐도 되죠? 나도 혼자 와서."

임강백 지인이면 임강백 옆에 앉지, 왜 내 옆에 앉으려는 건데?

"네……."

전세 낸 것도 아니고, 거절할 명분은 없는 것이 아쉽다.

나와 개인적인 접점은 없지만, 임강백과 친하고 내 '대타'로 들어갔다는 사실을 미루어볼 때, 내게 호의적인 사람이 아닐 확률이 높다.

"근데, 뭐 하나만 물어봐도 되나?"

박시현이 빙글빙글 웃으며 내게 말했다.

"네."

"'신데렐라 신드롬', 재희 씨한테 먼저 들어갔다며? 이거, 왜 안 했어?"

"……."

말을 놓았다, 말았다. 자기 마음대로네. 이 아저씨…….

뒈지려고.

나는 대답 대신 주위를 둘러보았다.

임강백은 나를 쳐다보고 있었다.

"……."

호랑이굴에 제 발로 들어온다는 게 이런 건가?

"응? 내가 묻잖아."

나는 피식, 웃으며 박시현을 바라보았다.

하, 이래서야 어른이 되기는 글렀다.

"거절한 이유가 뭐야? 케이블로 가서 그딴 드라마도 띄울 자신 있다. 뭐, 그런 거야? 호승심, 자신감?"

"……."

평소에 〈신데렐라 신드롬〉 팀에서 나를 어떻게 생각하고 있었는지 훤히 보인다.

'그딴' 드라마라니. 거, 말씀 되게 섭섭하게 하시네.

"글쎄요."

나는 박시현을 똑바로 쳐다보며 빙긋 웃어 보였다.

"이유가 중요한가요. 서로 좋으면 된 거지."

서로 좋으면 좋잖아. 너는, 내 '덕'에 드라마 들어갔으면서.

스크린에서 흘러나오던 광고가 끝나고, 극장 조명등이 일제히 꺼졌다.

“…….”

그와 동시에 반쯤 일그러진 박시현의 얼굴이 어둠에 묻혀 어두워졌다.

배급사 오프닝 로고가 흘러나오며 빛무리가 눈을 비출 때까지 박시현은 나를 쳐다보고 있었다.

시야가 다시 밝아지자마자, 박시현은 기다렸다는 듯 입을 열었다.

“양보라도 했다고 말하고 싶은 거야?”

“그럴 리가요.”

“건방 떨지 마. 이 새끼야.”

“…….”

내 눈은 차갑게 얼어붙었지만, 반대로 심장은 빠르게 요동친다.

뭐 하자는 거야, 지금.

그는 내게 경고하고 있었다.

“네가 뭐라도 된 것 같지?”

무엇을 위한 경고인지, 무엇에 대한 경고인지는 중요하지도 않은 듯한, 무차별적인 비난이 쉬지 않고 이어졌다.

“지금 관심 좀 가져주는 거? 3개월이면 끝나. 누구는 안 그랬는 줄 알아? 시건방진 새끼가 뭐라도 된 것처럼…….”

폭발하듯 쏟아져 나오는 열등감 찌꺼기들에 나는 대답할

가치조차 느끼지 못했다.

오히려, 내가 묻고 싶었다.

'네 앞가림이나 신경 쓰는 게 어때?'

그때, 유경성 선배의 말이 스쳐 지나간다.

'더러운 성질머리 죽여.'

나는 터져 나올 것 같은 '화'를 속으로 다스렸다.

내가 뭘 그렇게 잘못한 걸까? 데뷔한 지 3년도 되지 않은 햇병아리가, 자신보다 섭외 순위가 높았기 때문에? 그런 드라마를 내가 걷어차고, 이때다 싶어 드라마를 물었던 자신이 부끄러운 거야? 이제 와서?

"내 하나 더 말해줄까?"

다들 왜 이렇게 오지랖을 부리지 못해서 안달인 걸까.

왜 못 건드려서 안달이냐고.

"이 바닥에 너 좋게 보는 배우들 별로 없……."

"선배님."

"……."

"영화 시작했습니다."

박시현이 눈을 동그랗게 떴다.

"……뭐?"

난 최대한 더러운 성질머리를 숨겼지만, 차갑게 식은 눈빛은 숨기지 못했다. 아니, '닥치고 영화나 보자'라는 서브 텍스트는 굳이 숨기려 들지 않았다. 그렇게 시선이 부딪히고, 나는 의도적으로 박시현을 무시하며 고개를 앞으로 돌렸다.

"건방진 새끼……."

벌써 영화가 시작되었지만, 영화는 눈에 들어오지 않았다.

박시현의 열등감 조각들이 내 머릿속을 어지럽혔기 때문이다.

내가 그 드라마를 안 한 이유가 궁금해?

누구에게도 확실하게 말할 수 없는, 지극히 개인적인 이유. 내게만 보이는 완성도와 점수, -2는 이제껏 본 적 없던 수치.

'선택하지 마.'

아마도, 이 작품이 내게 보내는 일종의 경고라고도 볼 수 있다.

이를 어떻게 설명하겠는가?

남들 눈에는 그냥, 안 한 거다. 그런데 드라마를 선택하지 않았다는 이유로 공격을 걸어온다.

시건방져 보여?

만약, 내가 〈신데렐라 신드롬〉에 참여했다면 모르긴 몰라도 아마, 똑같은 이유로 시비를 걸어왔을 것이다.

싸움은 끊이질 않는다.

입으로 신인 작가를 밟아 죽이려는 미니시리즈의 여왕이나, 자신보다 잘나가는 후배가 아니꼬운 선배나 매한가지 똑같은 새끼들이다.

영화가 본격적으로 시작하자마자, 박시현은 자리에서 일어나 내게 말했다.

"비켜."

내가 다리를 치워주자, 뒤도 돌아보지 않고 그대로 비상구로 나가 버린다.

거 봐, 애초에 영화가 목적이 아니었다니까.

"영화, 너무 좋지 않았습니까?"

하, 뻔뻔해도 저렇게 뻔뻔할 수가.

무대 인사가 시작되었다.

주조연급 배우들의 인사가 끝나고 객석으로 던져진 마이크를 관객 대표로 받은 사람은 박시현, 영화 엔딩 크레딧이 올라가기 직전에 극장으로 들어온 박시현은 뻔뻔한 얼굴로 말을 이었다.

"우리네 주변에서 일어날 법한 사실적인 이야기에 소름 돋았습니다. 배우들 연기도 너무 좋았고, 몰입하지 않을 수 없는 영화였습니다. 안 그렇습니까?"

"네!"

영화는 보지도 않았으면서 애초에 준비된 대본으로 능청스럽게 관객들에게 호응유도까지 하는 꼴이라니.

하지만 이런 사실을 알지 못하는 일반 관객들은 박시현의 말에 크게 호응해 주었다.

이런 지저분한 약속된 인터뷰와는 다르게 영화 자체는, 훌륭했다. 편집도 잘 되었고, 메시지도 확실하다.

종장의 뻔한 신파도, 적절하게 관객들의 눈물을 자극했다.

주연이 임강백이 아니라 다른 배우였다면 어땠을까 싶은 아쉬움이 남지만, 〈피서〉보다는 연기도 조금 나아졌다.

감독 놀이를 하며, 십 수 번씩 다시 찍었는데 좋아야지.

모르긴 몰라도, 손익분기점은 가볍게 넘을 것이다.

"객석에 또 한 명의 손님이 있습니다. 아마 영화를 보시면서 다들 감탄하신 명장면의 주인공인데요. 살 떨리는 연기를 보여준 도재희!"

사회자의 말에 나는 당황스러운 리액션을 취해 보였다.

취재진들의 카메라가 객석에 앉은 나를 찾기 위해 분주하게 움직였고, 메이킹 촬영 팀의 메인 카메라는 약속된 대로 나를 정확하게 비추었다.

나는 자리에서 일어나, 무대 앞으로 걸어 나왔다.

"와아아아아아!"

여성 팬들의 비명 소리가 너무 커서 오히려 무안할 지경이었다. 당황한 것은 사회자도 마찬가지인 듯 보였다.

"아, 하하……. 반응이 정말 뜨겁네요. 도재희 배우님, 말씀 한번 들어보겠습니다."

마이크를 건네받았다.

"아아. 안녕하십니까. 배우 도재희입니다."

"꺄아아아아아아!"

객석이 떠나갈 듯 비명이 터져 나왔다.

마치, 내가 주연이라도 된 것 같은 분위기.

임강백이 마이크를 들었을 때도 이런 환호는 안 나왔던 것 같은데.

음, 어쩐지 뒤통수가 따가워지는 것 같은 느낌인걸.

"몰래 영화만 보고 가려고 했는데……. 하하, 짧게 말하겠습니다."

마이크를 고쳐 쥐었다.

"촬영에 오래 참여하지 않았지만, 저는 알고 있습니다. 여기 있는 스텝분들, 배우분들……. 정말 죽을힘을 다해 열심히 찍었습니다."

임강백을 바라보며 말했다.

"특히, 여기 계신 강백 선배님과는 '피셔' 이후로 두 작품째인 데……. 정말, 배울 게 많은 열정적인 선배님입니다. 후배 연기를 디렉팅하기 위해 같은 신을 열두 번도 넘게 다시 찍었고, 완벽한 연기를 선보이기 위해 본인도 최선을 다해 노력했습니다."

이번에는 감개무량한 얼굴로 객석에 앉은 관객들을 바라보았다.

"그 결과를 이제, 여러분들이 판단해 주실 차례입니다."

내 말의 진짜 속뜻을 알아차린 사람은 여기 모여 있는 사람 중 단 두 사람, 이경우 연출과 임강백뿐.

나는 연신 미소를 잃지 않고 말했다.

"영화 '삭제' 많은 관심 부탁드립니다."

··· 11장 ···

미니시리즈의 여왕

[영화 〈삭제〉 흥행 1등 공신, 도재희 전격 해부.]

[도재희, 카메오로 미친 존재감을 뽐낸 〈삭제〉에 이어, 이번엔 명품 사극으로.]

[여름 극장가에 불어 닥친 새바람! 영화 〈이선〉.]

7월.

영화 〈삭제〉의 극장 마지막 주에 영화 〈이선〉이 걸치듯 개봉했다. 〈삭제〉는 손익분기점을 넘기고, 380만 명을 돌파했다. 영화의 일등공신은, 나였다.

6월, 최고 흥행작인 〈삭제〉의 주연인 임강백보다 높은 브랜드 파워 순위를 기록했다.

이로써 임강백에게서 명백한 승리를 거두고, 7월의 극장가는 〈이선〉의 독주가 시작되었다.

〈삭제〉에 이은 연타! 개봉 첫 주 만에 박스오피스 1위를 기록했고, 76만 명이던 관객 수가 주말 이후에 99만 명까지 급증하며 2019년 가장 빠른 흥행 돌풍을 일으켰다.

이런, 커다란 성공 뒤에 회식이 빠질 수 있나.

노원구 공릉동의 고깃집에서 영화 〈이선〉 팀 단체 회식이 진행되었다.

"자! 마시자고!"

관람객 평점 9.8점, 평론가 평점 8.1점.

두 개의 평가 사이에는 전혀 괴리감이 없다. 대중성과 예술성을 동시에 갖춘 영화라는 뜻이다.

"하하! 처음에는 손익분기점만 넘기자는 목표였는데, 영화가 기대 이상으로 잘 나왔습니다."

"임창태 감독님이 그림 멋지게 담는 데는 귀신이잖습니까? 이거, 천만 가지 않겠습니까?"

"개봉 일주일 만에 300만 넘겼잖아요. 다음 주면 휴가 시즌인데 더 뛰죠. 지금 입소문도 탔겠다, 이번 주 안에 500만 넘긴다니까요?"

임창태 감독님은 소주잔을 손에서 놓지 않으셨다.

"배우들 덕이야. 다 배우들 덕이라고! 껄껄!"

연거푸 술잔을 비워내며 기분 좋게 취하셨다.

나는 그 틈바구니에서 오랜만에 힐링하며 〈시간의 띠〉 관련 피로를 풀어냈다.

최근, 정신적인 피로감이 상당했다. 박혜숙 작가가 깔짝깔짝 공격적인 멘트를 던지는 것이나, 박시현이 등장해 내 심기를 어지럽히는 것이나 여러모로 귀찮았다.

그때, 〈이선〉의 조연출 형님이 내게 다가왔다.

"바빠?"

마흔이 넘은 임창태 사단의 기둥. 이제, 곧 입봉을 준비한다고 했던가.

"아, 형님."

옆자리에 슬쩍 앉은 그는, 내게 술잔을 건네며 말했다.

"요즘 드라마 찍는다며?"

"네."

"피곤하겠네? 한잔하자."

잔을 비워냈다.

〈이선〉을 촬영할 때에도, 조연출과는 술을 자주 마셨다. 나이 차이는 열 살이나 나지만, 지난 3개월 사이에 무척이나 가까워진 사람 중 한 명이었다.

조연출이 말했다.

"소개시켜주고 싶은 사람이 있는데, 괜찮을까?"

"누구요?"

"아아. 영화사 후배인데, 너랑 꼭 인사 나누고 싶다고 하더라고."

"아, 그럼요. 가능하죠."

"이리 와."

조연출이 손짓하자, 연출부 테이블에 앉아 있던 한 남자가 다가왔다.

안경을 쓰고, 약간 어리숙하게 생긴 남자, 연출부 테이블에 앉아 있었지만, 〈이선〉의 스텝은 아니었다.

"인사해. 여긴 재희 씨고, 여긴 내 후배. 원래 우리 영화사에서 일하다가, 자기 영화 찍어보겠다고 나간 놈이야. 회식 있어서 오늘 데리고 왔지. 단편영화 감독이고 이름은 윤제훈."

"안녕하세요."

내가 꾸벅 인사를 건네자, 윤제훈이라고 말한 사람은 환하게 미소 지었다.

"아, 안녕하세요. 아직 감독은 아니고, 단편을 준비하는 사람입니다. 배우님은 저를 모르시겠지만, 저는 일전에 '부산국제영화제'에서 뵀습니다. 먼발치에서지만."

부산독립영화제에 참가했던 감독인가?

"아, 그런가요? 감독님으로?"

내가 되묻자 조연출이 말했다.

"얘가 작년 부산국제영화제에서 봉사활동 했거든. 거기서
'양치기 청년' 보고 팬 됐다고 하더라고. 회식에 너도 온다고 하
니까, 꼭 인사하고 싶다고……. 제발, 자기도 좀 데려가 달라
고. 얼마나 애걸복걸하던지."

"아이, 선배님. 무슨 그런 얘기까지."

봉사활동으로 영화제에 참석했지만, 이 사람도 엄연한 임창
태 사단이다. 임창태 감독과, 조연출 밑에서 인물 조감독으로
일하던 그는, 단편영화를 찍겠다는 일념으로 영화사를 뛰쳐
나왔다.

이후, 유명 드라마 작가에게 작품 검수도 받고, 수업도 받으
며 3개월을 넘게 공들여 쓴 대본 이름이 바로.

단편 〈아드리안의 하루〉.

그리고 부푼 청운의 꿈을 안고 〈아드리안의 하루〉를 영상
으로 만들기 위해 단편영화 지원금을 신청했지만, 실패했다고
한다.

"하하……. 실패한 영화인입니다."

"실패라뇨. 반드시 기회는 올 겁니다."

덜 익었다고 하더라도 엄연한 한 명의 영화인, 그리고 나와
박진우 연출의 팬. 이것만으로 함께 술잔을 기울일 이유는 충
분하다.

"저를 좋게 봐주셔서 감사합니다."

"아! 정말 팬입니다. 연기를 너어무! 잘하세요. 거기다, 그 박진우 연출님? 그분도 꼭 뵙고 싶습니다. 그분 정말 천재 아니십니까? 부국제에서 대상 타시는 거 보고, 완전 흠뻑 빠졌습니다. 양치기 청년, 세 번이나 봤어요."

윤제훈이라는 남자는, 순수한 면이 있는 남자였다.

우연한 기회에 마주한 재미난 인연이다.

이후, 몇 잔의 술이 오갔다.

술이 약한지 금세 빨갛게 얼굴이 달아오른 윤제훈이라는 남자는.

"잠시만요오."

비틀비틀 자리에서 일어나 고깃집 구석에서 자신의 가방을 들고 내 앞으로 왔다. 그리고 가방에서 주섬주섬 무언가를 꺼내 들었다.

"이거……."

A4 용지를 집게로 꽂은, 책이었다.

"이게 뭔가요?"

나는 긴장하며 종이뭉치를 받아들었다.

"아드리안의 하루?"

"예."

윤제훈 감독이 썼다는 〈아드리안의 하루〉의 대본이었다.

섭외인가?

하지만, 이는 기우였다. 그가 또박또박한 목소리로 한 글자, 한 글자 진심을 다해 말했다.

"실패한 아마추어의 영화요, 글입니다만……. 꼭 한 번만 읽어주시면 안 되겠습니까? 도 배우님이 한 번 읽어주시면, 속 편히 떠나보낼 수 있을 것 같습니다."

실패한 단편영화 대본, 내가 읽는다고 무엇이 달라지겠냐마는 감독은 본디, 누군가 읽어줬으면 하는 마음으로 글을 쓴다고 일전에 박진우 연출이 말한 적이 있다.

내가 이 글을 읽음으로써 이 영화인의 가슴에 맺혀 있는 무언가가 풀릴 수만 있다면 두 번, 세 번 읽을 수 있지.

"네, 알겠습니다."

그러자 윤제훈이 쑥스러운 듯 뒷머리를 긁적였다.

나는 다시 한번, 종이뭉치를 바라보았다.

〈아드리안의 하루〉, 이때까지만 해도 몰랐다.

윤제훈이 내게 건넨 이 작품이, 어떤 결과를 초래할지를.

[감독들의 이어진 극찬! 치명적인 조선의 아름다움. 그 속에 숨어 있는, 인간 군상.]

[사도세자 그 자체, 메이킹 필름만으로 도재희의 진가는 이미 드러

났다.]

영화 〈이선〉은, 임강태 감독의 영화에서 이제껏 본 적 없던 역대급 이변이었다.

조용하고, 잔잔하다.

하지만 그 속에 숨어 있는 대사는 너무나 강렬하고, 또한 아름답다.

그리고 결과도 아름다웠다.

8월 첫째 주, 영화 〈이선〉의 총관객 수가 공개되었다.

[2019년 흥행 기록을 갈아치우다! 〈이선〉 천만 돌파!]

[천만 영화 〈이선〉, 천만 감독 임창태, 천만 배우 도재희.]

[한국 영화의 산증인! 임창태 감독의 아름다운 은퇴작이 된 천만 영화 〈이선〉]

정확히는 누적 관객 수 10,545,325명 역대 흥행 11위.

이로써, 확실해졌다. 〈삭제〉의 흥행, 그리고 압도적인 〈이선〉의 흥행. 여전히 세계 방방곡곡을 누비며 해외영화제를 주름잡고 있는, 박진우 연출의 〈양치기 청년〉까지.

내가 보는 '완성도'는 흥행 성적과도 일치한다.

"‘무비 토크 선데이’ 시청자 여러분 안녕하십니까. 오늘은, 첫 주연 데뷔영화로 단번에 ‘천만 배우’ 반열에 오른 도재희 배우를 만나보겠습니다. 안녕하세요!"

"안녕하십니까."

"작년, 스크린과 브라운관을 오가며 참으로 다사다난한 한 해를 보내셨는데요. 상도 많이 받지 않으셨습니까?"

"하하, 운이 좋았던 것 같습니다."

"올해도 시작부터 예사롭지 않은데요. 작년에 ‘피셔’를 통해 조연상을 타시고, 곧바로 천만 영화입니다. 기분이 어떠십니까?"

드라마 〈시간의 띠〉 세트장까지 찾아와 기어코 인터뷰를 따내는 영화, 연예계 프로그램들. 촬영이 비는 시간에는, 몰려드는 인터뷰 요청에 눈코 뜰 새가 없었다.

8월의 무더위 끝에 찾아온 내 인생의 중대한 터닝 포인트.

"‘삭제’의 이경우 감독의 경우, 작품에서 연기를 특별히 잘했던 배우로 재희 씨를 뽑았거든요? 크지 않은 배역임에도, 영화를 선택한 이유가 있다면요? 그리고 ‘이선’의 임창태 감독님 역시 천만의 공을 배우님께 돌렸는데, 어떻게 생각하십니까?"

‘천만 배우’가 된 이후, 가장 가파르게 변하고 있는 것이 있다면 폭등한 개런티와, 주변 반응이었다.

"수많은 연기파 배우들과 감독님들이 재희 씨를 극찬하고 있습니다. 솔직히 저만하더라도, 오늘 재희 씨 취재한다고 하니까 차기작 어쩌봐 달라고 농담 삼아 던진 감독님들이 계셨거든요. 하하, 농담인지 진심인지는 모르겠지만. 어쨌든, 영화인들에게 함께 작품을 하고 싶은 배우 1위로 뽑혔습니다. 어떤가요? 차기작에 대해서는 고민이 더욱 많아지시겠습니다."

모든 것이 변했다.

연기 인생을 돌이켜 본다면 불필요한 작품이 단 하나도 없었지만, <이선>의 파급력은 상상 이상이었다.

전 '연령층'을 아우르는, 인지도를 갖게 해주었으니까.

지루한 영화로 생각해 별다른 기대 없이 영화관을 찾은 20, 30대 젊은이들도, 도재희라는 배우를 모르고 임창태 감독이라는 이름으로 영화관을 찾은 40, 50대 어른들도.

영화관을 빠져나올 때, 모두가 한마음 한뜻으로 이름을 말하는 배우.

인터뷰는 어느새 막바지에 이르렀다.

"마지막 질문입니다. 아, 질문이라기보다는 '홍보 타임'이네요. 현재 케이블 채널 사전제작 드라마로 '시간의 띠'를 촬영 중이라고 들었습니다. '시간의 띠' 어떤 드라마인가요?"

"16부작 내내, 절대 헤어 나올 수 없는 몰입감을 선사할 미스터리 판타지 드라마입니다."

"촬영은 끝나셨나요?"

"네, 9월 첫째 주 금요일 저녁 8시. 채널 TV-K에서 방영 예정입니다.”

과장 조금 보탠다면, 올해! 내가 할 수 없는 작품은 없다.

[도재희 위에 이제, 조승희뿐? 적수가 없다.]
[30대 남자배우 중, 섭외 1순위. 쌓인 원고만 수십 권.]

대세에서 ‘천만 배우’.

이제는 브라운관에서 선보일, 내 마지막 드라마에 대해서도 제아무리 미니시리즈의 여왕이라도 내게 함부로 말할 수 없다.

[〈시간의 띠〉, 케이블이라는 ‘약점’ 안고 도약 가능할까?]
[예상 시청률 추이, 45% 이상 압도적 〈신데렐라 신드롬〉 강세.]
[주춤한 MKC, KTN. 시청률 반등 가능? 대답은 ‘NO’ 소생 불가 판정에 “답답하다”.]

내 ‘마지막’ 드라마 전쟁이 시작되었다.

수많은 연예부 기자들의 예측대로 시청률 싸움은, 지각변동을 예고했다.

이미 검증된 작가와 드라마에서 쉽게 보기 힘든 영화배우 박시현과 한류스타 임주원의 만남.

이 대지진과도 같은 작품은 한창 14회, 15회 종영을 향해 달려가던 MKC와 KTN 미니시리즈 시청률을 토막 내버렸다.

10.3%, 9.6%, 9%.

소폭 감소하던 시청률은, 〈신데렐라 신드롬〉 첫방 날에는 6%까지 떨어지는 기염을 토했다.

"이게 말이 돼?"

말이 되더라.

지각변동!

말 그대로, 〈신데렐라 신드롬〉은 어마어마한 '신드롬'을 일으켰고, SBC는 전 요일을 통틀어서 가장 높은 시청률을 기록했다.

사전제작 드라마의 불확실성을 논하기가 부끄러울 정도로.

첫 방에서만 시청률은 무려, 14%가 나왔고 다음 날인, 9월 3일 화요일에는 무려 16%까지 뛰었다.

[이미 끝난 시상식. '올해의 드라마'는 어차피 〈신-신〉.]
[흥행 보증 수표. '박혜숙 작가'의 신드롬은 계속된다.]
[시청률 전쟁은 끝났다. 〈신-신〉 완전 정복.]

모든 것이 예상대로 흘러가는 듯했다.

하지만, 아직 후발주자는 출발도 하지 않았고, 세상에는 눈
으로는 쉽게 찾을 수 없는 아이러니가 지천에 존재한다.

To Be Continued

금빛돌
la vie d´or
고광(高光) 현대 판타지 장편소설
WISHBOOKS MODERN FANTASY STORY

Wish Books

천재 과학자 고요한,
인생의 역작 타임머신을 개발해 냈다!

이미 늙을 대로 늙어버린 이 몸은 버리고
과거의 자신에게 모든 데이터를 보낸다.

"나의 전성기는 더욱 찬란해질 것이다!"

그런데 레버를 당기는 순간……!
-데이터 전송지: 1987년 8월 5일 김대남(金大男) 18세.

"안, 안 돼……! 내가 아니잖아!"

la vie d'or : 황금빛 인생

힐통령

태양의 사제

제리엠 게임판타지 장편소설

WISHBOOKS GAME FANTASY STORY

"착하긴 뭐가 착해? 저런 퀘스트를 하는 건 착해서가 아니고
그냥 호구인 거야. 호구."

등 뒤에서 멀어지는 소리에
카이가 슬쩍 그들을 돌아봤다.

'내가 호구라고? 설마.'

[곤경에 처해 있는 NPC에게 선행을 베풀었습니다.]
[선행 스탯이 1 상승합니다.]

착한 일을 하면 보상이 따라온다?!

계산적이지만 그래서 더 선행을 할 수밖에 없는
힐이면 힐, 딜이면 딜.

힐통령 카이의 미드 온라인 정복기!